想 象 之 外 · 品 质 文 字

北京领读文化传媒有限责任公司　出品

父父子子

鲁迅 周作人 丰子恺 等 著
钱理群 编

北京时代华文书局

图书在版编目（CIP）数据

父父子子 / 钱理群编 .—北京：北京时代华文书局，2018. 5

ISBN 978-7-5699-2341-4

Ⅰ . ①父… Ⅱ . ①钱… Ⅲ . ①散文集 - 中国 - 现代②散文集 - 中国 - 当代 Ⅳ . ① I266

中国版本图书馆 CIP 数据核字 (2018) 第 070830 号

父父子子

FUFUZIZI

编　　者 | 钱理群
著　　者 | 鲁迅 周作人 丰子恺 等

出 版 人 | 王训海
选题策划 | 领读文化
责任编辑 | 孟繁强
装帧设计 | 领读文化
责任印制 | 刘　银

出版发行 | 北京时代华文书局 http://www.bjsdsj.com.cn
北京市东城区安定门外大街 136 号皇城国际大厦 A 座 8 楼
邮编：100011　电话：010 - 64267955　64267677
印　　刷 | 北京金特印刷有限责任公司
（如发现印装质量问题，请与印刷厂联系调换）
开　　本 | 880mm×1230mm　1/32　印　　张 | 7.5　字　　数 | 144 千字
版　　次 | 2018 年 5 月第 1 版　印　　次 | 2018 年 5 月第 1 次印刷
书　　号 | ISBN 978-7-5699-2341-4
定　　价 | 49.80 元

| 再 记 |

转眼间，十三年过去了。眼看复旦大学版“漫说文化丛书”售罄，“领读文化”的康君再三怂恿，希望重刊这套很有意义的小书。

只要版权问题能解决（此次重刊，删去个别版权无法落实的），让旧书重新焕发青春，何乐而不为？更何况，康君建议请专业人士朗读录音，转化为二维码，随书付印，方便通勤路上或厨房里忙碌的诸君随时倾听。

某种意义上，科技正在改变国人的阅读习惯，一个明显的例子，便是“听书”成了时尚。对于传统中国文人来说，这或许是一种新的挑战。可对于现代中国散文来说，却是歪打正着。因为，无论是胡适的“国语的文学，文学的国语”，还是周作人的“有雅致的白话文”，抑或叶圣陶的主张“作文”如“写话”，都是强调文字与声音的紧密联系。

不仅看起来满纸繁花，意蕴宏深，而且既“上口”，又“入耳”，兼及声调和神气，这样的好文章，在“漫说文化丛书”中比比皆是。

如此说来，“旧酒”与“新瓶”之间的碰撞与对话，很可能产生绝妙的奇幻效果。

2018年3月21日于京西圆明园花园

| 序 |

陈平原

据说，分专题编散文集我们是始作俑者，而且这一思路目前颇能为读者接受，这才真叫“无心插柳柳成荫”。当初编这套丛书时，考虑的是我们自己的趣味，能否畅销是出版社的事，我们不管。并非故示清高或推卸责任，因为这对我们来说纯属“玩票”，不靠它赚名声，也不靠它发财。说来好玩，最初的设想只是希望有一套文章好读、装帧好看的小书，可以送朋友，也可以搁在书架上。如今书出得很多，可真叫人看一眼就喜欢，愿把它放在自己的书架上随时欣赏把玩的却极少。好文章难得，不敢说“野无遗贤”，也不敢说入选者皆“字字珠玑”，只能说我们选得相当认真，也大致体现了我们对20世纪中国散文的某些想法。“选家”之事，说难就难，说易就易，这点如鱼饮水，冷暖自知。

记得那是1988年春天，人民文学出版社约我编林语堂散文集。此前我写过几篇关于林氏的研究文章，编起来很容易，可就是没兴致。偶然说起我们对20世纪中国散文的看法，以及分专题编一套小书的设想，没想到出版社很欣赏。这样，1988年暑假，钱理群、黄子平和我三人，又重新合作，大热天闷在老钱那间10平方米的小屋里读书，先拟定体例，划分专题，再分头选文；读到出乎意料之外的好文章，当即“奇文共欣赏”；不过也淘汰了大批徒有虚名的“名作”。开始以为遍地黄金，捡不胜捡；可沙里淘金一番，才知道好文章实在并不多，每个专题才选了那么几万字，根本不够原定的字数。开学以后又泡图书馆，又翻旧期刊，到1989年春天才初步编好。接着就是撰写各书的前言，不想随意敷衍几句，希望能体现我们的趣味和追求，而这又是颇费斟酌的事。一开始是“玩票”，越做越认真，变成撰写20世纪中国散文史的准备工作。只是因为突然的变故，这套小书的诞生小有周折。

对于我们三人来说，这迟到的礼物，最大的意义是纪念当初那愉快的学术对话。就为了编这几本小书，居然“大动干戈”，脸红耳赤了好几回，实在不够洒脱。现在回想起来，确实有点好笑。总有人问，你们三个弄了大半天，就编了这几本小书，值得吗？我也说不清。似乎做学问有时也得讲兴致，不能老是计算“成本”和“利润”。惟一有点遗憾的是，书出得不如以前想象的那么好看。

这套小书最表面的特征是选文广泛和突出文化意味，而其根本则是我们对“散文”的独特理解。从章太炎、梁启超一直选到汪曾祺、贾平凹，这自然是与我们提出的“20世纪中国文学”概念密切相关。之所以选入部分清末民初半文半白甚至纯粹文言的文章，目的是借此凸现20世纪中国散文与传统散文的联系。鲁迅说五四文学发展中“散文小品的成功，几乎在小说戏曲和诗歌之上”（《小品文的危机》），原因大概是散文小品稳中求变，守旧出新，更多得到传统文学的滋养。周作人突出明末公安派文学与新文学的精神联系（《杂拌儿跋》和《中国新文学的源流》），反对将五四文学视为欧美文学的移植，这点很有见地。但如以散文为例，单讲输入的速写（Sketch）、随笔（Essay）和“阜利通”（Feuilleton）固然不够，再搭上明末小品的影响也还不够；魏晋的清谈，唐末的杂文，宋人的语录，还有唐宋八大家乃至“桐城谬种选学妖孽”，都曾在本世纪的中国散文中产生过遥远而深沉的回音。

面对这一古老而又生机勃勃的文体，学者们似乎有点手足无措。五四时输出“美文”的概念，目的是想证明用白话文也能写出好文章。可“美文”概念很容易被理解为只能写景和抒情；虽然由于鲁迅杂文的成就，政治批评和文学批评的短文，也被划入散文的范围，却总归不是嫡系。世人心目中的散文，似乎只能是风花雪月加上悲欢离合，还有一连串莫名其妙的比喻和形容词，甜得发腻，或者借用徐志摩的话：“浓得化不开”。至于学者式重知识重趣味的疏淡的闲话，有点苦涩，有点清幽，虽不大容易为入世未深的青年所欣赏，却更得中国古代散文的神韵。不只是逃避过分华丽的辞藻，也不只是落笔时的自然大方，这种雅致与潇洒，更多的是一种心态、一种学养，一种无以名之但确能体会到的“文化味”。比起小说、诗歌、戏剧来，散文更讲浑然天成，更难造假与敷衍，更依赖于作者的才情、悟性与意趣——因其“技术性”不强，很容易写，但很难写好，这是一种“看似容易成却难”的文体。

选择一批有文化意味而又妙趣横生的散文分专题汇编成册，一方面是让读者体会到“文化”不仅凝聚在高文典册上，而且渗透在日常生活中，落实为你所熟悉的一种情感，一种心态，一种习俗，一种生活方式；另一方面则是希望借此改变世人对散文的偏见。让读者自己品味这些很少写景”也不怎么“抒情”的“闲话”，远比给出一个我们认为准确的“散文”定义更有价值。

当然，这只是对20世纪中国散文的一种读法，完全可以有另外的眼光另外的读法。在很多场合，沉默本身比开口更有力量，空白也比文字更能说明问题。细心的读者不难发现我们淘汰了不少名家名作，这可能会引起不少人的好奇和愤怒。无意故作惊人之语，只不过是忠实于自己的眼光和趣味，再加上“漫说文化”这一特殊视角。不敢保证好文章都能入选，只是入选者必须是好文章，因为这毕竟不是以艺术成就高低为惟一取舍标准的散文选。希望读者能接受这有个性有锋芒因而也就可能有偏见的“漫说文化”。

1992年9月8日于北大

扫一扫，
收听有声版♫

附 记

旧书重刊，是大好事，起码证明自己当初的努力不算太失败。十五年后翩然归来，依照惯例，总该有点交代。可这“新版序言”，起了好几回头，全都落荒而逃。原因是，写来写去，总摆脱不了十二年前那则旧文的影子。

因为突然的情事变故，这套书的出版略有耽搁——前五本刊行于1990年，后五本两年后方才面世。以当年的情势，这套无关家国兴亡的“闲书”，没有胎死腹中，已属万幸。更让我们感到欣慰的是，这十册小书出版后，竟大获好评，获得首届（1992）新闻出版署直属出版社优秀图书选题一等奖。我还因此应邀撰写了这则刊登在1992年11月18日《北京日报》上的《漫说“漫说文化”》。此文日后收入湖南教育出版社版《漫说文化》（1997）和北京大学出版社版《二十世纪中国文学三人谈·漫说文化》(2004)，流传甚广。与其翻来覆去，车轱辘般说那么几句老话，还不如老老实实地引入这则旧文，再略加补正。

从书出版后，记得有若干书评，多在叫好的同时，借题发挥。这其实是好事，编者虽自有主张，但文章俱在，读者尽可自由驰骋。一套书，能引起大家的阅读兴趣，让其体悟到“另一种散文”的魅力，或者关注“日常”与“细节”，落实“生活的艺术”，作为编者，我们于愿足矣。

这其中，惟一让我们很不高兴的是，香港勤+缘出版社从人民文学出版社购得该丛书版权，然后大加删改，弄得面目全非，惨不忍睹。刚出了一册《男男女女》，就被我们坚决制止了。说来好笑，虽然只是编的书，也都像对待自家孩子一样，不希望被人肆意糟蹋。

也正因此，每当有出版社表示希望重刊这套丛书时，我们的要求很简单：保持原貌。因为，这代表了我们那个时候的眼光与趣味，从一个侧面凸现了神采飞扬的八十年代，其优长与局限具有某种“史”的意义。很感谢复旦大学出版社，除了体谅我们维护原书完整性的苦心，还答应帮助解除人文版印刷不够精美的遗憾。

2005年4月13日于京西圆明园花园

|导 读|

钱理群

“人伦”大概要算是中国传统文化及传统文学中的“拿手好戏”，这是有确论的，其大有文章可做也是不言而喻的。而我们要讨论的，却是中国现代文化与现代文学（散文）中的“人伦”，这就似乎有些麻烦，提笔作文章，也颇费踌躇了。这使我想起了徐志摩先生曾经提过的一个问题：“我们姑且试问，人生里最基本的事实，最单纯的，最普遍的，最平庸的，最近人情的经验，我们究竟能有多少把握，我们能有多少深彻的了解？”他是有感而发的：人的感情世界曾经一度被划为现代文化与现代文学的禁区；而“人伦”领域，是尽由感情支配，最少理性成分的，这里所发出的全是纯乎天机，纯乎天理，毫不掺杂人欲、世故或利害关系于其间的叫声。人伦之情是徐志摩所说的

“人生里最基本的事实，最单纯的，最普遍的，最平庸的，最近人情的经验”，它也就愈遭到人为的排斥。在一些人看来，“人伦”问题在中国传统文化与文学中占据特殊重要的位置，作为中国传统文化与文学的历史对立物的现代文化与文学就必须将“人伦”摒除于“国门之外”，这叫作“反其道而行之”。一个最典型的例子：收入本集的朱自清先生的《背影》，因为抒写了父子之情，在选作中学语文教材时，竟多次遭到“砍杀”的厄运。但世界上的事情也确实不可思议：在现代散文中，朱先生的《背影》恰恰又是知名度最高者中的一篇，至少我们这样年纪的知识分子就不知被它“赚”过多少回眼泪。可见人情毕竟是砍不断的；特别是人伦之情，出于人的天性，既“真”且“纯”，具有天生的文学性，这其实是一种内在的本质的沟通，在某种意义上甚至可以说，摒弃了人伦之情，也就取消了文学自身。

说到现代文化与文学，这里似乎有一个可悲的历史的误会：现代文化与文学之于传统文化与文学，不仅有对立、批判、扬弃，更有互相渗透与继承，不仅有“破”，亦有“立”。五四时期的先驱者们，对于中国传统文化，特别是孔孟儒学的“人伦”观，确实进行过尖锐的批判，但他们同时又建立起了自己的新的现代“人伦”观，并且创作了一大批人伦题材的现代文学作品，内蕴着新的观念、新的情感、新的美学品格，是别具一种思想与艺术的魅力的，并且构成了中国现代文化与现代文学的重要组成部分。

在人伦题材的现代散文中，描写“亲子”之情的作品是格外引人注目的。这首先反映了由“尊者、长者为本位”的传统伦理观，向“幼者为本位”的现代伦理观的转变；同时也表现了对于人的本性，对于传统文化的新认识、新反思。且看丰子恺先生的《作父亲》里所写的那个真实的故事：小贩挑来一担小鸡，孩子们真心想要，就吵着让爸爸买，小贩看准了孩子的心思，不肯让价，鸡终于没有买成。爸爸如此劝告孩子：“你们下次……”，话却说不下去，“因为下面的话是‘看见好的嘴上不可说好，想要的嘴上不可说要，徜再进一步，就变成‘看见好的嘴上应该说不好，想要的嘴上应该说不要’了。在这一片天真烂漫光明正大的春景中，向哪里容藏这样教导孩子的一个父亲呢？”这确实发人深省：纯真只存在于天真烂漫的儿童时代，成熟的、因而也是世故的成年时代就不免是虚伪的。由此而产生了对儿童时代的童心世界的向往之情。收入本集的有关儿女的一组文章，特别是朱自清先生与丰子恺先生所写的那几篇，表现了十分强烈的“小儿崇拜”的倾向（与“小儿崇拜”相联系的，是一种十分真诚的成年人的“自我忏悔”）。而这种“小儿崇拜”恰恰是构成了五四时代文化精神的一个重要方面，这是从人类学意义上对于儿童的“发现”，表现了对人类及人的个体的“童年时代”的强烈兴趣。周作人说：“世上太多的大人虽然都亲自做过小孩子，却早失去了‘赤子之心’，好像‘毛毛虫’的变了蝴蝶，前后完全是两种情状，这是很不幸的”，五四时代出现的“儿童文化热”，正是出于对中国传统文化的一种深刻反思。正像马克思所说的那样，作为西方文化起源的“希腊人是正常的儿童”，西方文化也是正常发展的文化；而中国人无疑是“早熟的儿童”，中国的传统文化也是早熟的文化。五四的先驱者一接触到西方文化，首先发现的，就是民族文化不可救药的早衰现象，因而产生一种沉重感与焦灼感。五四时期的“儿童文化热”本质上就是要唤回民族（包括民族文化与文学）的童年与青春，进行历史的补课。了解了这样的文化背景，就可以懂得，收入本集中那些描写儿女情态、童趣盎然的作品，不仅是表现了真挚的亲子之爱，而且有着相当深广的历史、文化的内涵，也包含了对于文学艺术本质的思考与感悟。在我看来，这正是本集中最动人，也最耐读的篇章。

对本集中描写“母爱”的作品，也应该作如是观。五四时期在否定“长者本位”的旧伦理观的同时，把“母爱”推崇到了极致。鲁迅在著名的《我们现在怎样做父亲》里就大谈“母爱”是一种“天性”，要求把“母爱”的“牺牲”精神“更加扩张，更加醇化；用无我的爱，自己牺牲于后起新人”。这里显然有想用“母爱”来改造中国国民性的意思（鲁迅不是早就说过，中国国民性中最缺少的就是“诚”与“爱”么？）。这其实也是五四的时代思潮。李大钊就说过：“男子的气质包含着专制的分子很多，全赖那半数妇女的平和、优美、慈爱的气质相调剂，才能保住人类气质的自然均等，才能显出民主的精神。”沈雁冰还专门介绍了英国妇女问题专家爱伦凯的一个著名观点：“尊重的母性，要受了障碍，不能充分发展，这是将来世纪极大的隐忧”。并且发挥说：“看了爱伦凯的母性论的，能不替中国民族担上几万分的忧吗？”以后历史的发展证明沈雁冰并非杞人忧天。“母性”未能充分发展，对我们民族气质的消极影响，至今仍是随处可见的。收入本集的秦牧的《给一个喜欢骑马的女孩》，对此有相当痛切的阐发。把那些描写母爱的文章置于本世纪中华民族精神气质发展史的背景下，我们自不难发现它们的特殊价值，但也会产生一种历史的遗憾：这样的文章毕竟太少，而且缺乏应有的分量。不善于写母爱的文学，是绝没有希望的。鲁迅未能完成的写作计划中，有一篇题目就叫“母爱”；我们的作家，什么时候才能实现鲁迅的遗愿呢？

“师长”在传统伦理观中是据有特殊地位的，所谓“天地君亲师"，简直把"师"置于与"君"同等的尊位。如此说来，本世纪以来一再发生的"谢本师"事件，恐怕是最能表现现代伦理观与传统伦理观的对立的。师生之间的冲突，是否一定要采取"谢本师"即断绝师生关系的彻底决裂的方式，这自然是可以讨论的；但由此而确立了老师与学生、父辈与子辈（扩大地说，年长的一代与年青的一代）"在真理面前互相平等"的原则，却是有划时代的意义的。以这样的观点，来看待由刘半农《老实说了吧》一文引起的争论（有关文章已收入本集），是饶有兴味的。作为争论一方的刘半农等是五四时代的先驱者，属于父辈、师辈；争论的另一方，则是三十年代的年青人，属于子辈、学生辈。刘半农那一代人在五四时期曾有过强烈的"审父（叛师）"意识，三十年代他们自己成为"父亲"、"老师"以后，对年青一代就不怎么宽容了；不过，他们也有一个不可及的长处，就是敢于批评青年人，与青年人论战，绝无牵就、附和青年的倾向，这是保持了五四时期前述"真理面前人人平等"的平等意识与个性独立意识的。而三十年代青年的"审父（叛师）"意识似乎更强烈，但从他们不容他人讲话，特别是不容他人批评自己的专制的偏激中，却也暴露出他们的潜意识里原来还存在一个"恋父（尊师）"情结，说白了，他们也是渴求着传统伦理中"父亲"（"老师"）的独断的权威的。这已经不是三十年代年青人（他们已成为当今八十年代青年的“爷爷”）的弱点，恐怕也是我们民族性的致命伤。而传统的鬼魂在反叛传统的年青一代灵魂深处“重现”这一文化现象，即所谓“返祖现象”则是更值得深思与警惕的。

五四时期，“爱”的哲学与“爱”的文学是曾经风行一时的；在以人伦关系为题材的现代散文中，也同样充满了“爱”。但不仅“爱”的内质与传统文学同类作品有了不同——它浸透着民主、平等、自由的现代意识（因此有人说这是将朋友之爱向父子、母女、师生……之爱的扩大、渗透）；“爱”的表现形态也有了丰富与发展：并非只有单调的甜腻腻的爱——爱一旦成了唯一者，也会失去文学；感情的纯、真，与感情的丰富、自由、阔大是应该而且可以统一的。鲁迅的《颓败线的颤动》里，这样揭示一位“垂老的女人”的感情世界——

“她赤身露体地，石像似的站在荒野的中央，于一刹那间照见过往的一切：饥饿，苦痛，惊异，羞辱，欢欣，于是发抖；害苦，委屈，带累，于是痉挛；杀，于是平静。……又于一刹那间将一切并合：眷念与决绝，爱抚与复仇，养育与歼除，祝福与咒诅……。她于是举两手尽量向天，口唇间漏出人与兽的，非人间所有，所以无词的言语。

“……她那伟大如石像，然而已经荒废的，颓败的身躯的全面都颤动了。这颤动点点如鱼鳞，每一鳞都起伏如沸水在烈火上；空中也即刻一同振颤，仿佛暴风雨中的荒海的波涛……”

这里所表现出来的，不仅是感情的力度，强度，更是一种自由与博大。而这位“老女人”情感的多层次性，大爱与大憎的互相渗透、补充，无序的纠缠与并合，是属于“现代人”的。而且写不出的“无词的言语”比已经写出来的词语与文章要丰富、生动得多。在这个意义上，我们有理由对收入本集中的人伦题材散文理性的加工、整理过度，未能更多地保留感情与语言的“原生状态”，而感到某些不满足。

一九八九年一月二日深夜写于北大“我的那间屋”

一九九〇年一月十五日深夜改毕于蔚秀园新居

扫一扫，
收听有声版 ♫

目　录
contents

扫一扫，
收听有声版♫

我们现在怎样做父亲

鲁迅

我作这一篇文的本意，其实是想研究怎样改革家庭；又因为中国亲权重，父权更重，所以尤想对于从来认为神圣不可侵犯的父子问题，发表一点意见。总而言之：只是革命要革到老子身上罢了。但何以大模大样，用了这九个字的题目呢？这有两个理由：

第一，中国的“圣人之徒”，最恨人动摇他的两样东西。一样不必说，也与我辈绝不相干；一样便是他的伦常，我辈却不免偶然发几句议论，所以株连牵扯，很得了许多“铲伦常”“禽兽行”之类的恶名。他们以为父对于子，有绝对的权力和威严；若是老子说话，当然无所不可，儿子有话，却在未说之前早已错了。但祖父子孙，本来各各都只是生命的桥梁的一级，决不是固定不易的。现在的子，便是将来的父，也便是将来的祖。我知道我辈和读者，若不是现任之父，也一定是候补之父，而且也都有做祖宗的希望，所差只在一个时间。为想省却许多麻烦起见，我们便该无须客气，尽可先行占住了上风，摆出父亲的尊严，谈谈我们和我们子女的事；不但将来着手实行，可以减少困难，在中国也顺理成章，免得“圣人之徒”听了害怕，总算是一举两得之至的事了。所以说，“我们怎样做父亲。”

第二，对于家庭问题，我在《新青年》的《随感录》(二五,四十,四九)中，曾经略略说及，总括大意，便只是从我们起，解放了后来的人。论到解放子女，本是极平常的事，当然不必有什么讨论。但中国的老年，中了旧习惯旧思想的毒太深了，决定悟不过来。譬如早晨听到乌鸦叫，少年毫不介意，迷信的老人，却总须颓唐半天。虽然很可怜，然而也无法可救。没有法，便只能先从觉醒的人开手，各自解放了自己的孩子。自己背着因袭的重担，肩住了黑暗的闸门，放他们到宽阔光明的地方去；此后幸福的度日，合理的做人。

还有，我曾经说，自己并非创作者，便在上海报纸的《新教训》里，挨了一顿骂。但我辈评论事情，总须先评论了自己，不要冒充，才能像一篇说话，对得起自己和别人。我自己知道，不特并非创作者，并且也不是真理的发见者。凡有所说所写，只是就平日见闻的事理里面，取了一点心以为然的道理；至于终极究竟的事，却不能知。便是对于数年以后的学说的进步和变迁，也说不出会到如何地步，单相信比现在总该还有进步还有变迁罢了。所以说，“我们现在怎样做父亲”。

我现在心以为然的道理，极其简单。便是依据生物界的现象，一，要保存生命；二，要延续这生命；三，要发展这生命（就是进化）。生物都这样做，父亲也就是这样做。

生命的价值和生命价值的高下，现在可以不论。单照常识判断，便知道既是生物，第一要紧的自然是生命。因为生物之所以为生物，全在有这生命，否则失了生物的意义。生物为保存生命起见，具有种种本能，最显著的是食欲。因有食欲才摄取食品，因有食品才发生温热，保存了生命。但生物的个体，总免不了老衰和死亡，为继续生命起见，又有一种本能，便是性欲。因性欲才有性交，因有性交才发生苗裔，继续了生命。所以食欲是保存自己，保存现在生命的事；性欲是保存后裔，保存永久生命的事。饮食并非罪恶，并非不净；性交也就并非罪恶，并非不净。饮食的结果，养活了自己，对于自己没有恩；性交的结果，生出子女，对于子女当然也算不了恩。——前前后后，都向生命的长途走去，仅有先后的不同，分不出谁受谁的恩典。

可惜的是中国的旧见解，竟与这道理完全相反。夫妇是“人伦之中”，却说是“人伦之始”；性交是常事，却以为不净；生育也是常事，却以为天大的大功。人人对于婚姻，大抵先夹带着不净的思想。亲戚朋友有许多戏谑，自己也有许多羞涩，直到生了孩子，还是躲躲闪闪，怕敢声明；独有对于孩子，却威严十足。这种行径，简直可以说是和偷了钱发迹的财主，不相上下了。我并不是说，——如他们攻击者所意想的，——人类的性交也应如别种动物，随便举行；或如无耻流氓，专做些下流举动，自鸣得意。是说，此后觉醒的人，应该先洗净了东方固有的不净思想，再纯洁明白一些，了解夫妇是伴侣，是共同劳动者，又是新生命创造者的意义。所生的子女，固然是受领新生命的人，但他也不永久占领，将来还要交付子女，像他们的父母一般。只是前前后后，都做一个过付的经手人罢了。

生命何以必需继续呢？就是因为要发展，要进化。个体既然免不了死亡，进化又毫无止境，所以只能延续着，在这进化的路上走。走这路须有一种内的努力，有如单细胞动物有内的努力，积久才会繁复，无脊椎动物有内的努力，积久才会发生脊椎。所以后起的生命，总比以前的更有意义，更近完全，因此也更有价值，更可宝贵；前者的生命，应该牺牲于他。

但可惜的是中国的旧见解，又恰恰与这道理完全相反。本位应在幼者，却反在长者；置重应在将来，却反在过去。前者做了更前者的牺牲，自己无力生存，却苛责后者又来专做他的牺牲，毁灭了一切发展本身的能力。我也不是说，——如他们攻击者所意想的，——孙子理应终日痛打他的祖父，女儿必须时时咒骂他的亲娘。是说，此后觉醒的人，应该先洗净了东方古传的谬误思想，对于子女，义务思想须加多，而权利思想却大可切实核减，以准备改作幼者本位的道德。况且幼者受了权利，也并非永久占有，将来还要对于他们的幼者，仍尽义务。只是前前后后，都做一切过付的经手人罢了。

“父子间没有什么恩”这一个断语，实是招致“圣人之徒”面红耳赤的一大原因。他们的误点，便在长者本位与利己思想，权利思想很重，义务思想和责任心却很轻。以为父子关系，只须“父兮生我”一件事，幼者的全部，便应为长者所有。尤其堕落的，是因此责望报偿，以为幼者的全部，理该做长者的牺牲。殊不知自然界的安排，却件件与这要求反对，我们从古以来，逆天行事，于是人的能力，十分萎缩，社会的进步，也就跟着停顿。我们虽不能说停顿便要灭亡，但较之进步，总是停顿与灭亡的路相近。

自然界的安排，虽不免也有缺点，但结合长幼的方法，却并无错误。他并不用“恩”，却给与生物以一种天性，我们称他为“爱”。动物界中除了生子数目太多——爱不周到的如鱼类之外，总是挚爱他的幼子，不但绝无利益心情，甚或至于牺牲了自己，让他的将来的生命，去上那发展的长途。

人类也不外此，欧美家庭，大抵以幼者弱者为本位，便是最合于这生物学的真理的办法。便在中国，只要心思纯白，未曾经过“圣人之徒”作践的人，也都自然而然的能发现这一种天性。例如一个村妇哺乳婴儿的时候，决不想到自己正在施恩；一个农夫娶妻的时候，也决不以为将要放债。只是有了子女，即天然相爱，愿他生存；更进一步的，便还要愿他比自己更好，就是进化。这离绝了交换关系利害关系的爱，便是人伦的索子，便是所谓“纲”。倘如旧说，抹煞了“爱“，一味说“恩”，又因此责望报偿，那便不但败坏了父子间的道德，而且也大反于做父母的实际的真情，播下乖剌的种子。有人做了乐府，说是“劝孝”，大意是什么“儿子上学堂，母亲在家磨杏仁，预备回来给他喝，你还不孝么”之类，自以为“拼命卫道”。殊不知富翁的杏酪和穷人的豆浆，在爱情上价值同等，而其价值却正在父母当时并无求报的心思；否则变成买卖行为，虽然喝了杏酪，也不异“人乳喂猪”，无非要猪肉肥美，在人伦道德上，丝毫没有价值了。

所以我现在心以为然的，便只是“爱”。

无论何国何人，大都承认“爱己”是一件应当的事。这便是保存生命的要义，也就是继续生命的根基。因为将来的运命，早在现在决定，故父母的缺点，便是子孙灭亡的伏线，生命的危机。易卜生做的《群鬼》（有潘家洵君译本，载在《新潮》一卷五号）虽然重在男女问题，但我们也可以看出遗传的可怕。欧士华本是要生活，能创作的人，因为父亲的不检，先天得了病毒，中途不能做人了。他又很爱母亲，不忍劳他服侍，便藏着吗啡，想待发作时候，由使女瑞琴帮他吃下，毒杀了自己；可是瑞琴走了。他于是只好托他母亲了。

欧　“母亲，现在应该你帮我的忙了。”

阿夫人　“我吗？”

欧　“谁能及得上你。”

阿夫人　“我！你的母亲！”

欧　“正为那个。”

阿夫人　“我，生你的人！”

欧　“我不曾教你生我。并且给我的是一种什么日子？

我不要他！你拿回去罢！”

这一段描写，实在是我们做父亲的人应该震惊戒惧佩服的；决不能昧了良心，说儿子理应受罪。这种事情，中国也很多，只要在医院做事，便能时时看见先天梅毒性病儿的惨状；而且傲然的送来的，又大抵是他的父母。但可怕的遗传，并不只是梅毒；另外许多精神上体质上的缺点，也可以传之子孙，而且久而久之，连社会都蒙着影响。我们且不高谈人群，单为子女说，便可以说凡是不爱己的人，实在欠缺做父亲的资格。就令硬做了父亲，也不过如古代的草寇称王一般，万万算不了正统。将来学问发达，社会改造时，他们侥幸留下的苗裔，恐怕总不免要受善种学（Eugenics）者的处置。

倘若现在父母并没有将什么精神上体质上的缺点交给子女，又不遇意外的事，子女便当然健康，总算已经达到了继续生命的目的。但父母的责任还没有完，因为生命虽然继续了，却是停顿不得，所以还须教这新生命去发展。凡动物较高等的，对于幼雏，除了养育保护以外，往往还教他们生存上必需的本领。例如飞禽便教飞翔，鸷兽便教搏击。人类更高几等，便也有愿意子孙更进一层的天性。这也是爱，上文所说的是对于现在，这是对于将来。只要思想未遭锢蔽的人，谁也喜欢子女比自己更强，更健康，更聪明高尚，——更幸福；就是超越了自己，超越了过去。超越便须改变，所以子孙对于祖先的事，应该改变，“三年无改于父之道可谓孝矣”，当然是曲说，是退婴的病根。假使古代的单细胞动物，也遵着这教训，那便永远不敢分裂繁复，世界上再也不会有人类了。

幸而这一类教训，虽然害过许多人，却还未能完全扫尽了一切人的天性。没有读过“圣贤书”的人，还能将这天性在名教的斧钺底下，时时流露，时时萌蘖；这便是中国人虽然凋落萎缩，却未灭绝的原因。

所以觉醒的人，此后应将这天性的爱，更加扩张，更加醇化；用无我的爱，自己牺牲于后起新人。开宗第一，便是理解。往昔的欧人对于孩子的误解，是以为成人的预备；中国人的误解，是以为缩小的成人。直到近来，经过许多学者的研究，才知道孩子的世界，与成人截然不同；倘不先行理解，一味蛮做，便大碍于孩子的发达。所以一切设施，都应该以孩子为本位，日本近来，觉悟的也很不少；对于儿童的设施，研究儿童的事业，都非常兴盛了。第二，便是指导。时势既有改变，生活也必须进化；所以后起的人物，一定尤异于前，决不能用同一模型，无理嵌定。长者须是指导者协商者，却不该是命令者。不但不该责幼者供奉自己，而且还须用全副精神，专为他们自己，养成他们有耐劳作的体力，纯洁高尚的道德，广博自由能容纳新潮流的精神，也就是能在世界新潮流中游泳，不被淹没的力量。第三，便是解放。子女是即我非我的人，但既已分立，也便是人类中的人。因为即我，所以更应该尽教育的义务，交给他们自立的能力；因为非我，所以也应同时解放，全部为他们自己所有，成一个独立的人。

这样，便是父母对于子女，应该健全的产生，尽力的教育，完全的解放。

但有人会怕，仿佛父母从此以后，一无所有，无聊之极了。这种空虚的恐怖和无聊的感想，也即从谬误的旧思想发生；倘明白了生物学的真理，自然便会消灭。但要做解放子女的父母，也应预备一种能力。便是自己虽然已经带着过去的色采，却不失独立的本领和精神，有广博的趣味，高尚的娱乐。要幸福么？连你的将来的生命都幸福了。要“返老还童”，要“老复丁”①么？子女便是“复丁”，都已独立而且更好了。这才是完了长者的任务，得了人生的慰安。倘若思想本领，样样照旧，专以“勃豀”②为业，行辈自豪，那便自然免不了空虚无聊的苦痛。

或者又怕，解放之后，父子间要疏隔了。欧美的家庭，专制不及中国，早已大家知道；往者虽有人比之禽兽，现在却连“卫道”的圣徒，也曾替他们辩护，说并无“逆子叛弟”了。因此可知：惟其解放，所以相亲；惟其没有“拘挛”子弟的父兄，所以也没有反抗“拘挛”的“逆子叛弟”。若威逼利诱，便无论如何，决不能有“万年有道之长”。例便如我中国，汉有举孝，唐有孝悌力田科，清末也还有孝廉方正，都能换到官做。父恩谕之于先，皇恩施之于后，然而割股的人物，究属寥寥。足可证明中国的旧学说旧手段，实在从古以来，并无良效，无非使坏人增长些虚伪，好人无端的多受些人我都无利益的苦痛罢了。

独有“爱”是真的。路粹引孔融说，“父之于子，当有何亲？论其本

---

① 从老年回复壮年，语出汉代史游《急就篇》：“长乐无极老复丁”。

② 指婆媳争吵。语出《庄子·外物》：“室无空虚，则妇姑勃豀。”

意，实为情欲发耳。子之于母，亦复奚为，譬如寄物瓶中，出则离矣。”（汉末的孔府上，很出过几个有特色的奇人，不像现在这般冷落，这话也许确是北海先生所说；只是攻击他的偏是路粹和曹操，教人发笑罢了。）虽然也是一种对于旧说的打击，但实于事理不合。因为父母生了子女，同时又有天性的爱，这爱又很深广很长久，不会即离。现在世界没有大同，相爱还有差等，子女对于父母，也便最爱，最关切，不会即离。所以疏隔一层，不劳多虑。至于一种例外的人，或者非爱所能钩连。但若爱力尚且不能钩连，那便任凭什么“恩威，名分，天经，地义”之类，更是钩连不住。

或者又怕，解放之后，长者要吃苦了。这事可分两层：第一，中国的社会，虽说“道德好”，实际却太缺乏相爱相助的心思。便是“孝”“烈”这类道德，也都是旁人毫不负责，一味收拾幼者弱者的方法。在这样社会中，不独老者难于生活，即解放幼者，也难于生活。第二，中国的男女，大抵未老先衰，甚至不到二十岁，早已老态可掬，待到真实衰老，便更须别人扶持。所以我说，解放子女的父母，应该先有一番预备；而对于如此社会，尤应该改造，使他能适于合理的生活。许多人预备着，改造着，久而久之，自然可望实现了。单就别国的往时而言，斯宾塞未曾结婚，不闻他侘傺无聊；瓦特早没有了子女，也居然“寿终正寝”，何况在将来，更何况有儿女的人呢？

或者又怕，解放之后，子女要吃苦了。这事也有两层，全如上文所说，不过一是因为老而无能，一是因为少不更事罢了。因此觉醒的人，愈觉有改造社会的任务。中国相传的成法，谬误很多：一种是锢闭，以为可以与社会隔离，不受影响。一种是教给他恶本领，以为如此才能在社会中生活。用这类方法的长者，虽然也含有继续生命的好意，但比照事理，却决定谬误。此外还有一种，是传授些周旋方法，教他们顺应社会。这与数年前讲“实用主义”的人，因为市上有假洋钱，便要在学校里遍教学生看洋钱的法子之类，同一错误。社会虽然不能不偶然顺应，但决不是正当办法。因为社会不良，恶现象便很多，势不能一一顺应；倘都顺应了，又违反了合理的生活，倒走了进化的路。所以根本方法，只有改良社会。

就实际上说，中国旧理想的家族关系父子关系之类，其实早已崩溃。这也非“于今为烈”，正是“在昔已然”。历来都竭力表彰“五世同堂”，便足见实际上同居的为难；拼命的劝孝，也足见事实上孝子的缺少。而其原因，便全在一意提倡虚伪道德，蔑视了真的人情。我们试一翻大族的家谱，便知道始迁祖宗，大抵是单身迁居，成家立业；一到聚族而居，家谱出版，却已在零落的中途了。况在将来，迷信破了，便没有哭竹，卧冰；医学发达了，也不必尝秽，割股。又因为经济关系，结婚不得不迟，生育因此也迟，或者子女才能自存，父母已经衰老，不及依赖他们供养，事实上也就是父母反尽了义务。世界潮流逼拶着，这样做的可以生存，不然的便都衰落；无非觉醒者多，加些人力，便危机可望较少就是了。

但既如上言，中国家庭，实际久已崩溃，并不如“圣人之徒”纸上的空谈，则何以至今依然如故，一无进步呢？这事很容易解答。第一，崩溃者自崩溃，纠缠者自纠缠，设立者又自设立；毫无戒心，也不想到改革，所以如故。第二，以前的家庭中间，本来常有勃谿，到了新名词流行之后，便都改称“革命”，然而其实也仍是讨嫖钱至于相骂，要赌本至于相打之类，与觉醒者的改革，截然两途。这一类自称“革命”的勃谿子弟，纯属旧式，待到自己有了子女，也决不解放；或者毫不管理，或者反要寻出《孝经》，勒令诵读，想他们“学于古训”，都做牺牲。这只能全归旧道德旧习惯旧方法负责，生物学的真理决不能妄任其咎。

既如上言，生物为要进化，应该继续生命，那便“不孝有三无后为大”，三妻四妾，也极合理了。这事也很容易解答。人类因为无后，绝了将来的生命，虽然不幸，但若用不正当的方法手段，苟延生命而害及人群，便该比一人无后，尤其“不孝”。因为现在的社会，一夫一妻制最为合理，而多妻主义，实能使人群堕落。堕落近于退化，与继续生命的目的，恰恰完全相反。无后只是灭绝了自己，退化状态的有后，便会毁到他人。人类总有些为他人牺牲自己的精神，而况生物自发生以来，交互关联，一人的血统，大抵总与他人有多少关系，不会完全灭绝。所以生物学的真理，决非多妻主义的护符。

总而言之，觉醒的父母，完全应该是义务的，利他的，牺牲的，很不易做；而在中国尤不易做。中国觉醒的人，为想随顺长者解放幼者，便须一面清结旧账，一面开辟新路。就是开首所说的“自己背着因袭的重担，肩住了黑暗的闸门，放他们到宽阔光明的地方去；此后幸福的度日，合理的做人”。这是一件极伟大的要紧的事，也是一件极困苦艰难的事。

但世间又有一类长者，不但不肯解放子女，并且不准子女解放他们自己的子女；就是并要孙子曾孙都做无谓的牺牲。这也是一个问题；而我是愿意平和的人，所以对于这问题，现在不能解答。

一九一九年十月

（选自《鲁迅全集》1卷，人民文学出版社1981年版）

祖先崇拜

扫一扫，
♫ 收听有声版

周作人

远东各国都有祖先崇拜这一种风俗。现今野蛮民族多是如此，在欧洲古代也已有过。中国到了现在，还保存这部落时代的蛮风，实是奇怪。据我想，这事既于道理上不合，又于事实上有害，应该废去才是。

第一，祖先崇拜的原始的理由，当然是本于精灵信仰。原人思想，以为万物都有灵的，形体不过是暂时的住所。所以人死之后仍旧有鬼，存留于世上，饮食起居还同生前一样。这些资料须由子孙供给，否则要触怒死鬼，发生灾祸，这是祖先崇拜的起源。现在科学昌明，早知道世上无鬼，这骗人的祭献礼拜当然可以不做了。这宗风俗，令人废时光，费钱财，很是有损，而且因为接香烟吃羹饭的迷信，许多男人往往借口于“不孝有三无后为大”的谬说，买妾蓄婢，败坏人伦，实在是不合人道的坏事。

第二，祖先崇拜的稍为高尚的理由，是说“报本返始”，他们说，“你试思身从何来？父母生了你，乃是昊天罔极之恩，你哪可不报答他？”我想这理由不甚充足。父母生了儿子，在儿子并没有什么恩，在父母反是一笔债。我不信世上有一部经典，可以千百年来当人类的教训的，只有记载生物的生活现象的 Biology（生物学）才可供我们参考，定人类行为的标准。在自然律上面，的确是祖先为子孙而生存，并非子孙为祖先而生存的。所以父母生了子女，便是他们（父母）的义务开始的日子，直到子女成人才止。世俗一般称孝顺的儿子是还债的，但据我想，儿子无一不是讨债的，父母倒是还债——生他的债——的人。待到债务清了，本来已是“两讫”；但究竟是一体的关系，有天性之爱，互相联系住，所以发生一种终身的亲善的情谊。至于恩这一个字，实是无从说起，倘说真是体会自然的规律，要报生我者的恩，那便应该更加努力做人，使自己比父母更好，切实履行自己的义务，——对于子女的债务——使子女比自己更好，才是正当办法。倘若一味崇拜祖先，想望做古人，自羲皇上溯盘古时代以至类人猿时代，这样的做人法，在自然律上，明明是倒行逆施，决不可许的了。

我最厌听许多人说，“我国开化最早”，“我祖先文明什么样”。开化的早，或古时有过一点文明，原是好的。但何必那样崇拜，仿佛人的一生事业，除恭维我祖先之外，别无一事似的。譬如我们走路，目的是在前进。过去的这几步，原是我们前进的始基，但总不必站住了，回过头去，指点着说好，反误了前进的正事。因为再走几步，还有更好的正在前头呢！有了古时的文化，才有现在的文化；有了祖先，才有我们。但倘如古时文化永远不变，祖先永远存在，那便不能有现在的文化和我们了。所以我们所感谢的，正因为古时文化来了又去，祖先生了又死，能够留下现在的文化和我们——现在的文化，将来也是来了又去，我们也是生了又死，能够留下比现时更好的文化和比我们更好的人。

我们切不可崇拜祖先，也切不可望子孙崇拜我们。

尼采说，“你们不要爱祖先的国，应该爱你们子孙的国。……你们应该将你们的子孙，来补救你们自己为祖先的子孙的不幸。你们应该这样救济一切的过去”。所以我们不可不废去祖先崇拜，改为自己崇拜——子孙崇拜。

八年三月

（选自《中国新文学大系·散文2集》，上海良友图书公司1935年版）

扫一扫，
收听有声版♫

关于《我的儿子》的通信[1]

胡适

友箕先生：

前天同太虚和尚谈论，我得益不少。别后又承先生给我这封很诚恳的信，感谢之至。“父母于子无恩”的话，从王允孔融以来，也很久了。从前有人说我曾提倡这话，我实在不能承认。直到今年我自己生了一个儿子，我才想到这个问题上去。我想这个孩子自己并不曾自由主张要生在我家，我们做父母的不曾得他的同意，就糊里糊涂的给了他一条生命。况且我们也并不曾有意送给他这条生命。我们既无意，如何能居功？如何能自以为有恩于他？他既无意求生，我们生了他，我们对他只有抱歉，更不能市恩了。我们糊里糊涂的替社会上添了一个人，这个人将来一生的苦乐祸福，这个人将来在社会上的功罪，我们应该负一部分的责任。说

① 题目为编者代拟。

的偏激一点，我们生一个儿子，就好比替他种下了祸根，又替社会种下了祸根。他也许养成坏习惯，做一个短命浪子；他也许更堕落下去，做一个军阀派的走狗。所以我们“教他养他”，只是我们自己减轻罪过的法子，只是我们种下祸根之后自己补过弥缝的法子。这可以说是恩典吗？

我所说的，是从做父母的一方面设想的，是从我个人对于我自己的儿子设想的，所以我的题目是《我的儿子》。我的意思是要我这个儿子晓得我对他只有报歉，决不居功，决不市恩。至于我的儿子将来怎样待我，那是他自己的事。我决不期望他报答我的恩，因为我已宣言无恩于他。

先生说我把一般做儿子的抬举起来，看做一个“白吃不还账”的主顾。这是先生误会我的地方。我的意思恰同这个相反。我想把一般做父母的抬高起来，叫他们不要把自己看做一种“放高利债”的债主。

先生又怪我把“孝”字驱逐出境。我要问先生，现在“孝子”两个字究竟还有什么意义？现在的人死了父母都称“孝子”。孝子就是居父母丧的儿子（古书称为“主人”），无论怎样忤逆不孝的人，一穿上孝衣，带上高梁冠，拿着哭丧棒，人家就称他做“孝子”。

我的意思以为古人把一切做人的道理都包在孝字里，故战阵无勇、莅官不敬，等等都是不孝。这种学说，先生也承认他流弊百出。所以我要我的儿子做一个堂堂的人，不要他做我的孝顺儿子。我的意想以为“一个堂堂的人”决不至于做打爹骂娘的事，决不至于对他的父母毫无感情。

但是我不赞成把“儿子孝顺父母”列为一种“信条”。易卜生的《群鬼》里有一段话很可研究（《新潮》第五号页八五一）：

（孟代牧师）：你忘了没有：一个孩子应该爱敬他的父母？

（阿尔文夫人）：我们不要讲的这样宽泛。应该说："欧士华应该爱敬阿尔文先生（欧士华之父）吗？"

这是说，"一个孩子应该爱敬他的父母"是耶教一种信条，但是有时未必适用。即如阿尔文一生纵淫，死于花柳毒，还把遗毒传给他的儿子欧士华，后来欧士华毒发而死。请问欧士华应该孝顺阿尔文吗？若照中国古代的伦理观念自然不成问题。但是在今日可不能不成问题了。假如我染着花柳毒，生下儿子又聋又瞎，终身残废，他应该爱敬我吗？又假如我把我的儿子应得的财产都拿去赌输了，使他衣食不能完全，教育不能得着，他应该爱敬我吗？又假如我卖国卖主义，做了一国一世的大罪人，他应该爱敬我吗？

至于先生说的，恐怕有人扯起幌子，说"胡先生教我做一个堂堂的人，万不可做父母的孝顺儿子"，这是他自己错了。我的诗是发表我生平第一次做老子的感想。我并不曾教训人家的儿子！

总之，我只说了我自己承认对儿子无恩，至于儿子将来对我作何感想，那是他自己的事，我不管了。

先生又要我做《我的父母》的诗。我对于这个题目，也曾有诗，载在本报第一期和《新潮》第二期里。

胡 适

（选自1919年8月10日《每周评论》34号）

附《我的儿子》：

我实在不要儿子，
儿子自己来了。
“无后主义”的招牌，
于今挂不起来了！
譬如树上开花，
花落天然结果。
那果便是你，
那树便是我。
树本无心结子，
我也无恩于你。
但是你既来了，
我不能不养你教你，
那是我对人道的义务，
并不是待你的恩谊。
将来你长大时，
这是我所期望于你：
我要你做一个堂堂的人，
不要你做我的孝顺儿子。

（载1919年8月3日《每周评论》33号）

附汪长禄致胡适的一封信（摘录）：

适之先生：

……大作说“树本无心结子，我也无恩于你。”这和孔融所说的“父之于子当有何亲……”“子之于母亦复奚为……”差不多同一样的口气。我且不去管他。下文说的“但是你既来了，我不能不养你教你”这是就做父母一方面的说法。换一方面说，做儿子的也可模仿同样的口气说道，“但是我既来了，你不能不养我教我，那是你对人道的义务，并不是待我的恩谊。”……照先生的主张，竟把一般做儿子的抬举起来，看做一个“白吃不回账”的主顾，那又未免太“矫枉过正”罢。

大作结尾说道，“我要你做一个堂堂的人，不要你做我的孝顺儿子。”这话我倒并不十分反对。但是我以为应该加上一个字，可以这样说：“我要你做一个堂堂的人，不单要你做我的孝顺儿子。”为什么要加上这一个字呢？因为儿子孝顺父母，也是做人的一种信条，一定要把“孝”字“驱逐出境”，划在做人事业范围以外，好像人做了孝子，便不能够做一个堂堂的人，先生把“孝”字看得与做人的信条立在相反的地位。

打个比方，有人昨天看见《每周评论》上先生的大作，也便可以说道，“胡先生教我做一个堂堂的人，万不可做父母的孝顺儿子”。久而久之，社会上布满了这种议论，那么任凭父母老病冻饿以至于死，都可以不管他了。

我很盼望先生有空闲的时候，再把那《我的父母》四个字做个题目，细细的想一番。把做儿子的对于父母应该怎样报答的话，也得咏叹几句，“恰如分际”，“彼此兼顾”，那才免得发生许多流弊。

汪长禄

八月六日

（载1919年8月10日《每周评论》34号）

扫一扫，
收听有声版 ♫

小孩的委屈

周作人

译完了《凡该利斯和他的新年饼》之后，发生了一种感想。

小孩的委屈与女人的委屈——这实在是人类文明上的大缺陷，大污点。从上古直到现在，还没有补偿的机缘，但是多谢学术思想的进步，理论上总算已经明白了。人类只有一个，里面却分作男女及小孩三种；他们各是人种之一，但男人是男人，女人是女人，小孩是小孩，他们身心上仍各有差别，不能强为统一。以前人们只承认男人是人（连女人们都是这样想！），用他的标准来统治人类，于是女人与小孩的委屈，当然是不能免了。女人还有多少力量，有时略可反抗，使敌人受点损害，至于小孩受那野蛮的大人的处治，正如小鸟在顽童的手里，除了哀鸣还有什么法子？但是他们虽然白白的被牺牲了，却还一样的能报复，——加报于其父母！这正是自然的因果律。迂远一点说，如比比那的病废，即是宣告凡该利斯系统的凋落。切近一点说，如库多沙菲利斯（也是蔼氏所作的小说）打了小孩一个嘴巴，将他打成白痴，他自己也因此发疯。文中医生说，“这个疯狂却不是以父传子，乃是自子至父的”！著者又说，“这是一个悲惨的故事，但是你应该听听；这或者于你有益，因为你也是喜欢发怒的”。我们听了这些忠言，能不憬然悔悟？我们虽然不打小孩的嘴巴，但是日常无理的呵斥，无理的命令，以至无理的爱抚，不知无形中怎样的损伤了他们柔嫩的感情，破坏了他们甜美的梦，在将来的性格上发生怎样的影响！

——然而这些都是空想的话。在事实上，中国没有为将小孩打成白痴而发疯的库多沙菲利斯，也没有想“为那可怜的比比那的缘故”而停止吵架的凡该利斯。我曾经亲见一个母亲将她的两三岁的儿子放在高椅子上，自己跪在地上膜拜，口里说道，“爹呵，你为什么还不死呢！”小孩在高座上，同临屠的猪一样的叫喊。这岂是讲小孩的委屈问题的时候？至于或者说，中国人现在还不将人当人看也不知道自己是人。那么，所有一切自然更是废话了。

十年九月

（选自《谈虎集》上卷，北新书局1928年版）

扫一扫，
收听有声版♫

《二十四孝图》

鲁迅

我总要上下四方寻求，得到一种最黑，最黑，最黑的咒文，先来诅咒一切反对白话，妨害白话者。即使人死了真有灵魂，因这最恶的心，应该堕入地狱，也将决不改悔，总要先来诅咒一切反对白话，妨害白话者。

自从所谓“文学革命”以来，供给孩子的书籍，和欧，美，日本的一比较，虽然很可怜，但总算有图有说，只要能读下去，就可以懂得的了。可是一班别有心肠的人们，便竭力来阻遏它，要使孩子的世界中，没有一丝乐趣。北京现在常用“马虎子”这一句话来恐吓孩子们。或者说，那就是《开河记》上所载的，给隋炀帝开河，蒸死小儿的麻叔谋；正确地写起来，须是“麻胡子”。那么，这麻叔谋乃是胡人了。但无论他是甚么人，他的吃小孩究竟也还有限，不过尽他的一生。妨害白话者的流毒却甚于洪水猛兽，非常广大，也非常长久，能使全中国化成一个麻胡，凡有孩子都死在他肚子里。

只要对于白话来加以谋害者，都应该灭亡！

这些话，绅士们自然难免要掩住耳朵的，因为就是所谓“跳到半天空，骂得体无完肤——还不肯罢休”。而且文士们一定也要骂，以为大悖于“文格”，亦即大损于“人格”。岂不是“言者心声也”么？“文”和“人”当然是相关的，虽然人间世本来千奇百怪，教授们中也有“不尊敬”作者的人格而不能“不说他的小说好”的特别种族。但这些我都不管，因为我幸而还没有爬上“象牙之塔”去，正无须怎样小心。倘若无意中竟已撞上了，那就即刻跌下来罢。然而在跌下来的中途，当还未到地之前，还要说一遍：

只要对于白话来加以谋害者，都应该灭亡！

每看见小学生欢天喜地地看着一本粗拙的《儿童世界》之类，另想到别国的儿童用书的精美，自然要觉得中国儿童的可怜。但回忆起我和我的同窗小友的童年，却不能不以为他幸福，给我们的永逝的韶光一个悲哀的吊唁。我们那时有什么可看呢，只要略有图画的本子，就要被塾师，就是当时的“引导青年的前辈”禁止，呵斥，甚而至于打手心。我的小同学因为专读“人之初性本善”读得要枯燥而死了，只好偷偷地翻开第一叶，看那题着“文星高照”四个字的恶鬼一般的魁星像，来满足他幼稚的爱美的天性。昨天看这个，今天也看这个，然而他们的眼睛里还闪出苏醒和欢喜的光辉来。

在书塾以外，禁令可比较的宽了，但这是说自己的事，各人大概不一样。我能在大众面前，冠冕堂皇地阅看的，是《文昌帝君阴骘文图说》和《玉历钞传》，都画着冥冥之中赏善罚恶的故事，雷公电母站在云中，牛头马面布满地下，不但"跳到半天空"是触犯天条的，即使半语不合，一念偶差，也都得受相当的报应。这所报的也并非"睚眦之怨"，因为那地方是鬼神为君，"公理"作宰，请酒下跪，全都无功，简直是无法可想。在中国的天地间，不但做人，便是做鬼，也艰难极了。然而究竟很有比阳间更好的处所：无所谓"绅士"，也没有"流言"。

阴间，倘要稳妥，是颂扬不得的。尤其是常常好弄笔墨的人，在现在的中国，流言的治下，而又大谈"言行一致"的时候。前车可鉴，听说阿尔志跋绥夫曾答一个少女的质问说，"惟有在人生的事实这本身中寻出欢喜者，可以活下去。倘若在那里什么也不见，他们其实倒不如死。"于是乎有一个叫作密哈罗夫的，寄信嘲骂他道，"……所以我完全诚实地劝你自杀来祸福你自己的生命，因为这第一是合于逻辑，第二是你的言语和行为不至于背驰。"

其实这论法就是谋杀，他就这样地在他的人生中寻出欢喜来。阿尔志跋绥夫只发了一大通牢骚，没有自杀。密哈罗夫先生后来不知道怎样，这一个欢喜失掉了，或者另外又寻到了"什么"了罢。诚然，"这些时候，勇敢，是安稳的；情热，是毫无危险的。"

然而，对于阴间，我终于已经颂扬过了，无法追改；虽有"言行不符"之嫌，但确没有受过阎王或小鬼的半文津贴，则差可以自解。总而言之，还是仍然写下去罢：

我所看的那些阴间的图画，都是家藏的老书，并非我所专有。我所收得的最先的画图本子，是一位长辈的赠品：《二十四孝图》。这虽然不过薄薄的一本书，但是下图上说，鬼少人多，又为我一人所独有，使我高兴极了。那里面的故事，似乎是谁都知道的；便是不识字的人，例如阿长，也只要一看图画便能够滔滔地讲出这一段的事迹。但是，我于高兴之余，接着就是扫兴，因为我请人讲完了二十四个故事之后，才知道"孝"有如此之难，对于先前痴心妄想，想作孝子的计划，完全绝望了。

"人之初，性本善"么？这并非现在要加研究的问题。但我还依稀记得，我幼小时候实未尝蓄意忤逆，对于父母，倒是极愿意孝顺的。不过年幼无知，只用了私见来解释"孝顺"的做法，以为无非是"听话"，"从命"，以及长大之后，给年老的父母好好地吃饭罢了。自从得了这一本孝子的教科书以后，才知道并不然，而且还要难到几十几百倍。其中自然也有可以勉力仿效的，如"子路负米"，"黄香扇枕"之类。"陆绩怀橘"也并不难，只要有阔人请我吃饭。"鲁迅先生作宾客而怀橘乎？"我便跪答云，"吾母性之所爱，欲归以遗母。"阔人大佩服，于是孝子就做稳了，也非常省事。"哭竹生笋"就可疑，怕我的精诚未必会这样感动天地。但是哭不出笋来，还不过抛脸而已，一到"卧冰求鲤"，可就有性命之虞了。我乡的天气是温和的，严冬中，水面也只结一层薄冰，即使孩子的重量怎样小，躺上去，也一定哗喇一声，冰破落水，鲤鱼还不及游过来。自然，必须不顾性命，这才孝感神明，会有出乎意料之外的奇迹，但那时我还小，实在不明白这些。

其中最使我不解，甚至于发生反感的，是“老莱娱亲”和“郭巨埋儿”两件事。

我至今还记得，一个躺在父母跟前的老头子，一个抱在母亲手上的小孩子，是怎样地使我发生不同的感想呵。他们一手都拿着“摇咕咚”。这玩意儿确是可爱的，北京称为小鼓，盖即鼗也，朱熹曰，“鼗，小鼓，两旁有耳；持其柄而摇之，则旁耳还自击，”咕咚咕咚地响起来。然而这东西是不该拿在老莱子手里的，他应该扶一枝拐杖。现在这模样，简直是装佯，侮辱了孩子。我没有再看第二回，一到这一叶，便急速地翻过去了。

那时的《二十四孝图》，早已不知去向了，目下所有的只是一本日本小田海僊所画的本子，叙老莱子事云，“行年七十，言不称老，常著五色斑斓之衣，为婴儿戏于亲侧。又常取水上堂，诈跌仆地，作婴儿啼，以娱亲意”。大约旧本也差不多，而招我反感的便是“诈跌”。无论忤逆，无论孝顺，小孩子多不愿意“诈”作，听故事也不喜欢是谣言，这是凡有稍稍留心儿童心理的都知道的。

然而在较古的书上一查，却还不至于如此虚伪。师觉授《孝子传》云，“老莱子……常著斑斓之衣，为亲取饮，上堂脚跌，恐伤父母之心，僵仆为婴儿啼。”（《太平御览》四百十三引）较之今说，似稍近于人情。不知怎地，后之君子却一定要改得他“诈”起来，心里才能舒服。邓伯道弃子救侄，想来也不过“弃”而已矣，昏妄人也必须说他将儿子捆在树上，使他追不上来才肯歇手。正如将“肉麻当作有趣”一般，以不情为伦纪，诬蔑了古人，教坏了后人。老莱子即是一例，道学先生以为他白璧无瑕时，他却已在孩子的心中死掉了。

至于玩着“摇咕咚”的郭巨的儿子，却实在值得同情。他被抱在他母亲的臂膊上，高高兴兴地笑着；他的父亲却正在掘窟窿，要将他埋掉了。说明云，“汉郭巨家贫，有子三岁，母尝减食与之。巨谓妻曰，贫乏不能供母，子又分母之食。盍埋此子？”但是刘向《孝子传》所说，却又有些不同：巨家是富的，他都给了两弟；孩子是才生的，并没有到三岁。结末又大略相像了，“及掘坑二尺，得黄金一釜，上云：天赐郭巨，官不得取，民不得夺！”

我最初实在替这孩子捏一把汗，待到掘出黄金一釜，这才觉得轻松。然而我已经不但自己不敢再想做孝子，并且怕我父亲去做孝子了。家景正在坏下去，常听到父母愁柴米；祖母又老了，倘使我的父亲竟学了郭巨，那么，该埋的不正是我么？如果一丝不走样，也掘出一釜黄金来，那自然是如天之福，但是，那时我虽然年纪小，似乎也明白天下未必有这样的巧事。

现在想起来，实在很觉得傻气。这是因为现在已经知道了这些老玩意，本来谁也不实行。整饬伦纪的文电是常有的，却很少见绅士赤条条地躺在冰上面，将军跳下汽车去负米。何况现在早长大了，看过几部古书，买过几本新书，什么《太平御览》咧，《古孝子传》咧，《人口问题》咧，《节制生育》咧，《二十世纪是儿童的世界》咧，可以抵抗被埋的理由多得很。

不过彼一时，此一时，彼时我委实有点害怕：掘好深坑，不见黄金，连“摇咕咚”一同埋下去，盖上土，踏得实实的，又有什么法子可想呢。我想，事情虽然未必实现，但我从此总怕听到我的父母愁穷，怕看见我的白发的祖母，总觉得她是和我不两立，至少，也是一个和我的生命有些妨碍的人。后来这印象日见其淡了，但总有一些留遗，一直到她去世——这大概是送给《二十四孝图》的儒者所万料不到的罢。

五月十日

（选自《鲁迅全集》2卷，人民文学出版社1981年版）

家庭为中国之基本

扫一扫，
♫ 收听有声版

鲁 迅

中国的自己能酿酒，比自己来种鸦片早，但我们现在只听说许多人躺着吞云吐雾，却很少见有人像外国水兵似的满街发酒疯。唐宋的踢球，久已失传，一般的娱乐是躲在家里彻夜叉麻雀。从这两点看起来，我们在从露天下渐渐的躲进家里去，是无疑的。古之上海文人，已尝慨乎言之，曾出一联，索人属对，道："三鸟害人鸦雀鸽"，"鸽"是彩票，雅号奖券，那时却称为"白鸽票"的。但我不知道后来有人对出了没有。

不过我们也并非满足于现状，是身处斗室之中，神驰宇宙之外，抽鸦片者享乐着幻境，叉麻雀者心仪于好牌。檐下放起爆竹，是在将月亮从天狗嘴里救出；剑仙坐在书斋里，哼的一声，一道白光，千万里外的敌人可被杀掉了，不过飞剑还是回家，钻进原先的鼻孔去，因为下次还要用。

这叫做千变万化，不离其宗。所以学校是从家庭里拉出子弟来，教成社会人才的地方，而一闹到不可开交的时候，还是“交家长严加管束”云。

“骨肉归于土，命也；若夫魂气，则无不之也，无不之也！”一个人变了鬼，该可以随便一点了罢，而活人仍要烧一所纸房子，请他住进去，阔气的还有打牌桌，鸦片盘。成仙，这变化是很大的，但是刘太太偏舍不得老家，定要运动到“拔宅飞升”，连鸡犬都带了上去而后已，好依然的管家务，饲狗，喂鸡。

我们的古今人，对于现状，实在也愿意有变化，承认其变化的。变鬼无法，成仙更佳，然而对于老家，却总是死也不肯放。我想，火药只做爆竹，指南针只看坟山，恐怕那原因就在此。

现在是火药蜕化为轰炸弹，烧夷弹，装在飞机上面了，我们却只能坐在家里等他落下来。自然，坐飞机的人是颇有了的，但他那里是远征呢，他为的是可以快点回到家里去。

家是我们的生处，也是我们的死所。

十二月十六日

（选自《鲁迅全集》4卷，人民文学出版社1981年版）

家之上下四旁

扫一扫，
♫ 收听有声版

周作人

《论语》这一次所出的课题是“家”，我也是考生之一，见了不禁着急，不怨自己的肚子空虚得很，只恨考官促狭，出这样难题目来难人。的确这比前回的“鬼”要难做得多了，因为鬼是与我们没有关系的，虽然普通总说人死为鬼，我却不相信自己会得变鬼，将来有朝一日即使死了也总不想到鬼门关里去，所以随意谈论谈论也还无妨。若是家，那是人人都有的，除非是不打诳话的出家人，这种人现在大约也是绝无仅有了，现代的和尚热心于国大选举，比我们还要积极，如我所认识的绍兴阿毛师父自述，他们的家也比我们为多，即有父家妻家与寺家三者是也。总而言之，无论在家出家，总离不开家，那么家之与我们可以说是关系深极了，因为关系如此之深，所以要谈就大不容易。赋得家是个难题，我在这里就无妨坚决地把他宣布了。

话虽如此，既然接了这个题目，总不能交白卷了事，无论如何须得做他一做才行。忽然记起张宗子的一篇《岱志》来，第一节中有云：

“故余之志岱，非志岱也。木华作《海赋》，曰，胡不于海之上下四旁言之。余不能言岱，亦言岱之上下四旁已耳。”但是抄了之后，又想道，且住，家之上下四旁有可说的么？我一时也回答不来。忽然又拿起刚从地摊买来的一本《醒闺编》来看，这是二十篇训女的韵文，每行分三三七共三句十三字，题曰西园廖免骄编。首篇第三叶上有这几行云：

犯小事，由你说，倘犯忤逆推不脱。
有碑文，你未见，湖北有个汉川县。
邓汉真，是秀才，配妻黄氏恶如豺。
打婆婆，报了官，事出乾隆五十三。
将夫妇，问剐罪，拖累左邻与右舍。
那邻里，最惨伤，先打后充黑龙江。
那族长，伯叔兄，有问绞来有问充。
后家娘，留省城，当面刺字充四门。
那学官，革了职，流徙三千杖六十。
坐的土，掘三尺，永不准人再筑室。
将夫妇，解回城，凌迟碎剐晓谕人。
命总督，刻碑文，后有不孝照样行。

我再翻看前后，果然在卷首看见“遵录湖北碑文”，文云：

“乾隆五十三年正月奉上谕：朕以孝治天下，海澨山陬无不一道同风。据湖北总督疏称汉川县生员邓汉祯之妻黄氏以辱母殴姑一案，朕思不孝之罪别无可加，唯有剥皮示众。左右邻舍隐匿不报，律杖八十，乌龙江充军。族长伯叔兄等不教训子侄，亦议绞罪。教官并不训诲，杖六十，流徙三千里。知县知府不知究治，罢职为民，子孙永不许入仕。黄氏之母当面刺字，留省四门充军。汉祯之家掘土三尺，永不许居住。汉祯之母仰湖北布政使司每月给米银二两，仍将汉祯夫妇发回汉川县对母剥皮示众。仰湖北总督严刻碑文，晓谕天下，后有不孝之徒，照汉祯夫妇治罪。”我看了这篇碑文，立刻发生好几个感想。第一是看见“朕以孝治天下“这一句，心想这不是家之上下四旁么，找到了可谈的材料了。第二是不知道这碑在哪里，还存在么，可惜弄不到拓本来一看。第三是发生“一丁点儿”的怀疑。这碑文是真的么？我没有工夫去查官书，证实这汉川县的忤逆案，只就文字上说，就有许多破绽。十全老人的汉文的确有欠亨的地方，但这种谕旨既已写了五十多年，也总不至于还写得不合格式。我们难保皇帝不要剥人家的皮，在清初也确实有过，但乾隆时有这事么，有点将信将疑。看文章很有点像是老学究的手笔，虽然老学究不见得敢于假造上谕，——这种事情直到光绪末革命党才会做出来，而且文句也仍旧造得不妥帖。但是无论如何，或乾隆五十三年真有此事，或是出于士大夫的捏造，都是同样的有价值，总之足以证明社会上有此种意思，即不孝应剥皮是也。从前翻阅阮云台的《广陵诗事》，在卷九有谈逆妇变猪的一则云：

“宝应成安若康保《皖游集》载，太平寺中一豕现妇人足，弓样宛然，（案，此实乃妇人现豕足耳。）同游诧为异，余笑而解之曰，此必妒妇后身也，人彘之冤今得平反矣，因成一律，以《偶见》命题云。忆元幼时闻林庚泉云，曾见某处一妇不孝其姑遭雷击，身变为彘，唯头为人，后脚犹弓样焉，越年余复为雷殛死。始意为不经之谈，今见安若此诗，觉天地之大事变之奇，真难于恒情度也。惜安若不向寺僧究其故而书之。”阮君本非俗物，于考据词章之学也有成就，今记录此等恶滥故事，未免可笑，我抄了下来，当作确实材料，用以证此种思想之普遍，无雅俗之分也。翻个转面就是劝孝，最重要的是大家都知道的《二十四孝图说》。这里边固然也有比较容易办的，如扇枕席之类，不过大抵都很难，例如喂蚊子，有些又难得有机会，一定要凑巧冬天生病，才可以去找寻鱼或笋，否则终是徒然。最成问题的是郭巨埋儿掘得黄金一釜，这件事古今有人怀疑。偶看尺牍，见朱荫培著《芸香阁尺》一书（道光年刊）卷二有《致顾仲懿》书云：

“所论岳武穆何不直捣黄龙，再请违旨之罪，知非正论，姑作快论，得足下引春秋大义辨之，所谓天王明圣臣罪当诛，纯臣之心惟知有君也。前春原嵇丈评弟郭巨埋儿辨云，惟其愚之至，是以孝之至，事异论同，皆可补芸香一时妄论之失。”以我看来，顾嵇二公同是妄论，纯是道学家不讲情理的门面话，但在社会上却极有势力，所以这就不妨说是中国的舆论，其主张与朕以孝治天下盖全是一致。从这劝与戒两方面看来，孝为百行先的教条那是确实无疑的了。

现在的问题是，这在近代的家庭中如何实行？老实说，仿造的二十四孝早已不见得有，近来是资本主义的时代，神道不再管事，奇迹难得出现，没有纸票休想得到笋和鱼，世上一切都已平凡现实化了。太史公曰，伤哉贫也，生无以为养，死无以为葬也。这就明白的说明尽孝的难处。对于孝这个字想要说点闲话，实在很不容易。中国平常通称忠孝节义，四者之中只有义还可以商量，其他三德分属三纲，都是既得权利，不容妄言有所侵犯。昔者，施存统著《非孝》，而陈仲甫顶了缸，至今读经尊孔的朋友犹津津乐道，谓其曾发表万恶孝为首的格言，而林琴南孝廉又拉了孔北海的话来胡缠，其实《独秀文存》具在，中间原无此言也。我写到这里殊不能无戒心，但展侧一想，余行年五十有几矣，如依照中国早婚的习惯，已可以有曾孙矣，余不敏今仅以父亲的资格论孝，虽固不及曾祖之阔气，但资格则已有了矣。以余观之，现代的儿子对于我们殊可不必再尽孝，何也，盖生活艰难，儿子们第一要维持其生活于出学校之后，上有对于国家的义务，下有对于子女的责任，如要衣食饱暖，成为一个贤父良夫好公民，已大须努力，或已力有不及，若更欲彩衣弄雏，鼎烹进食，势非贻误公务亏空公款不可，一朝捉将官里去，岂非饮鸩止渴，为之老太爷老太太者亦有何快乐耶。鄙意父母养育子女实止是还自然之债。此意与英语中所有者不同，须引《笑林》疏通证明之。有人见友急忙奔走，问何事匆忙，答云，二十年前欠下一笔债，即日须偿。再问何债，曰，实是小女明日出嫁。此是笑话，却非戏语。男子生而愿为之有室，女子生而愿为之有家，即此意也。自然无言，生物的行为乃其代言也，人虽灵长亦自不能出此民法外耳。债务既了而情谊长存，此在生物亦有之，而于人为特显著，斯其所以为灵长也欤。我想五伦中以朋友之义为最高，母子男女的关系所以由本能而进于伦理者，岂不以此故乎。有富人父子不和，子甚倔强，父乃语之曰，他事即不论，尔我共处二十余年，亦是老朋友了，何必再闹意气。此事虽然滑稽，此语却很有意思。我便希望儿子们对于父母以最老的老朋友相处耳，不必再长跪请老太太加餐或受训诫，但相见怡怡，不至于疾言厉色，便已大佳。这本不是石破天惊的什么新发明，世上有些国土也就是这样做着，不过中国不承认，因为他是喜唱高调的。凡唱高调的亦并不能行低调，那是一定的道理。吾乡民间有目连戏。本是宗教剧而富于滑稽的插话，遂成为真正的老百姓的喜剧，其中有《张蛮打爹》一段，蛮爹对众说白有云：

“现在真不成世界了，从前我打爹的时候爹逃就算了，现在我逃了他还要追著打哩。”这就是老百姓的“犯话”，所谓犯话者盖即经验之谈，从事实中“犯”出来的格言，其精锐而讨人嫌处不下于李耳与伊索，因为他往往不留情面的把政教道德的西洋镜戳穿也。在士大夫家中，案头放著《二十四孝》和《太上感应篇》，父亲乃由暴君降级欲求为老朋友而不可得，此等事数见不鲜，亦不复讳，亦无可讳，恰似理论与事实原是二重真理可以并存也者，不佞非读经尊孔人却也闻之骇然，但亦不无所得，现代的父子关系以老朋友为极则，此项发明实即在那时候所得到者也。

上边所说的一番话，看似平常，实在我也是很替老年人打算的。父母少壮时能够自己照顾，而且他们那时还要照顾子女呢，所以不成什么问题。成问题的是在老年，这不但是衣食等事，重要的还是老年的孤独。儿子阔了有名了，往往在书桌上留下一部《百孝图说》，给老人家消遣，自己率领宠妾到洋场官场里为国民谋幸福去了。假如那老头子是个希有的明达人，那么这倒也还没有什么。如曹庭栋在《老老恒言》卷二中所说：

“世情世态，阅历久看应烂熟，心衰面改，老更奚求。谚曰，求人不如求己。呼牛呼马，亦可由人，毋少介意。少介意便生忿，忿便伤肝，于人何损，徒损乎己耳。”

“少年热闹之场非其类则弗亲，苟不见机知退，取憎而已。至与二三老友相对闲谈，偶闻世事，不必论是非，不必较长短，慎尔出话，亦所以定心气。”又沈赤然著《寒夜丛谈》卷一有一则云：

“膝前林立，可喜也，虽不能必其皆贤，必其皆寿也。金钱山积，可喜也，然营田宅劳我心，筹婚嫁劳我心，防盗贼水火又劳我心矣。黄发台背，可喜也，然心则健忘，耳则重听，举动则须扶持，有不为子孙厌之，奴婢欺之，外人侮之者乎。故曰，多男子则多惧，富则多事，寿则多辱。”如能像二君的达观，那么一切事都好办，可惜千百人中不能得一，所以这就成为问题。社会上既然尚无国立养老院，本各尽所能各取所需的原则，对于已替社会做过相当工作的老年加以收养，衣食住药以至娱乐都充分供给，则自不能不托付于老朋友矣，——这里不说子孙而必戏称老朋友者，非戏也，以言子孙似专重义务，朋友则重在情感，而养老又以销除其老年的孤独为要，唯用老朋友法可以做到，即古之养志也。虽然，不佞不续编《二十四孝》，而实际上这老朋友的孝亦大不容易，恐怕终亦不免为一种理想，不违反人情物理，不压迫青年，亦不委屈老年，颇合于中庸之道，比皇帝与道学家的意见要好得多了，而实现之难或与二十四孝不相上下，亦未可知。何也？盖中国家族关系唯以名分，以利害，而不以情义相维系也，亦已久矣。闻昔有龚橙自号半伦，以其只有一妾也，中国家庭之情形何如固然一言难尽，但其不为龚君所笑者殆几希矣。家之上下四旁如只有半伦，欲求朋友于父子之间又岂可得了。

附记

关于汉川县一案，我觉得乾隆皇帝（假如是他）处分得最妙的是那邓老太太。当著她老人家的面把儿子媳妇都剥了皮，剩下她一个孤老，虽是每月领到了藩台衙门的二两银子，也没有家可住，因为这掘成一个茅厕坑了，走上街去，难免遇见黄宅亲家母面上刺著两行金印，在那里看守城门，彼此都很难为情。教官族长都因为不能训诲问了重罪，那么邓老太太似乎也是同一罪名，或者那样处分也就是这意思吧。甚矣皇帝与道学家之不测也，吾辈以常情推测，殊不能知其万一也。廿五年十月十八日记。

（选自《瓜豆集》，上海宇宙风社1937年版）

家

扫一扫，
♫ 收听有声版

方令孺

你给我这题目“家”，放在心上好多日子了，我不妨对你说，这是很重的负担呢。我天天筹思，教我从哪一方面写，你说的不错，我“一天到晚在家里”，但是，你可别太聪明了，你想从镜子里窥探一个人的真容吗，你想从一个人描写他家中的景况，就可知道这个人的生活内情，与他一向的性格吗？可惜我从来不欢喜照镜子，你可无从知道我“一天到晚在家”干些什么，吃些什么，穿些什么。那么我写些什么呢？谈谈普通人家的情形吗？家与经济的问题？家与文化的关系？家给一个人一生的影响？给人的安慰或苦恼？做一个人是不是一定或应该要个家，家是可爱，还是可恨呢？这些疑问纠缠在心上，教人精神不安，像旧小说里所谓给魔魇住似的。

今晚我带着这纠缠的心走出来。你瞧，这时天空真是一碧如洗，月像是古代希腊少年抛到天上去的一块铁饼，或是古代战士的一面护心镜失落在天空里，让群星的光辉射在上面发出这样寒凛刺目的光芒，我这时在湖上，船正靠着山影走，一簇簇的树影，在青蓝的天空下，在渺茫的白水上，点缀着像零星的岛屿。我梦想着在这些地方还没有“开化”之先，船夫们在这静静的月光下，躺在他们茅屋里，对着灶上一盏油灯，看妻子坐在灶后而她的脸被炉火的光印得红红的，他心里要觉得比现在自由比现在安稳吧。我联想起不久以前在采石矶看见那些打鱼的人以船作家，起居饮食都在那么斗大的舱里，成天漂泊，究竟他们是苦还是乐？我又想起你的题目来了。这题目喊起来是这样轻，这样简，可是你就是去问一问哪个渔夫关于我上面的一个问题，一个小的问题，他都要瞠起眼睛不知道说什么好。

这里似乎“雅人”不少。今晚来玩月的并不限于酸书生。要人同银行界的汽车一大排都摆在桥头。今晚是来赏中秋的月，中秋的月是要把香花果品来供奉，是带宗教的情绪来赏玩。假使我这时可以飞得高，一定看见满城都是红烛飘摇，香烟袅绕，远远还听见爆竹的响声，这确是一个庄严的夜，神的夜！所有今晚的游客，好像都脱去了轻佻的衣裳，虽是有这么多人在湖上，倒不像平时那样混乱。一只只的船轻轻，慢慢的滑过去，船上坐着各种各样的人：有沉吟，有低语，有仰头浴着月光显露着一张苍白的脸；有憧憬着南方风物的青年弹着 Guitar，低唱着热带的情歌 Aloha Oe。这时候有这么一只船，一只从来没有见过的船，挂着一盏暗淡的玻璃灯，灯下约莫有三四个人围坐在那儿猜拳赌酒；船头上坐着另一个人，只是一团黑影看不清面目，我听见念诗的声音就从这一团影子里发出来，他唱着一种悠长的声调，开头稍低，接着渐渐高起来，到一个尖顶的时候又渐渐衰弱下去，终于在一半呻吟一半叹息似的声音里消灭了。从这个声音你可以想象古画上隐约在薄雾里的小山，一条曲折带着跳溅水珠子的溪水，因为这声音始终是颤动着拖下去；又像是一只横空孤雁的影子从水波上闪过。我把它比作雁影最合式了，因为这声音的本身就是一半真实，一半空幻，一半是从人口中发出来，一半却沉入梦想。有两句诗我听得很清楚：是“马上相逢无纸笔，凭君传语报平安。”你就可以想这月明的佳节，在这四望杳溟的湖上，背后舱里在半明的灯下几个伤心的朋友拼酒浇愁，自己走出故乡，离别家庭，天晓得是过着什么样的日子，在今晚这个情景下，心里涨满了恨才迸出这么两声古人可怜的诗句。这时也许在什么芦苇的角落里，残荷的深密处，也有正在想家的人，听了这声音，能忍得住不冲破他的眼泪，呜咽起来，还费了他的友伴许多唇舌才安慰下这颗颤栗的心？哪能不教我又想起你给我的题目“家”，并且猛然悟到了“家”的意义？“家”，我知道了，不管它给人多大的负担，多深的痛苦，人还是像蜗牛一样愿意背着它的重壳沉滞的向前爬。我好像忽然看清楚了什么东西，也像辛弃疾所谓“众里寻他千百度，蓦然回首，那人却在灯火阑珊处”。

一九三六年，十一月，南京

（选自《方令孺散文选集》，上海文艺出版社1982年版）

扫一扫，
收听有声版♫

论莲花化身

聂绀弩

《封神》文字拙劣，惟哪吒出世一段最为精彩，因为题材太好，也许正是作者的思想的寄托的所在。

哪吒是陈塘关总兵李靖的小儿子，因为在河里洗他的兵器——或者说玩具——混天绫，乾坤圈什么的，惊动了龙宫，龙王的儿子出来干涉，出言不逊，被他把筋抽出来编了一条带子。李靖看见他致死了龙子龙孙，吓得屁滚尿流，一定要把他杀死。他哀求，爸爸发怒；他逃，爸爸追；他让步，爸爸下毒手。“父要子亡，子不敢不亡”。他就抽出刀来，把身上的肉一块一块地割下来掷还给爸爸了。后来他的师父太乙真人用莲花莲叶替他做了一具身体，让他的魂魄有所寄托，他才活转来——大意如此。

孝道观念支配了中国人的生活思想几千年；如果仅仅是儿女的纯真的自发行为，原也未可厚非，但不是这样。大而言之，是封建帝王的统治工具；小而言之，是愚父愚母的片面要求。根本要义，不外牺牲他人，完成自己的特殊享受。推至其极，可以造成卧冰，埋儿，割股……等血腥的惨事，是最戕贼人性，离析家人父子感情的东西。

孝的说教者们振振有词，津津乐道的孝的理由是什么呢？简单得很，无非“身体发肤，受之父母”，“父兮生我，母兮育我……”之类。不用说，父母养育儿女的艰苦，和对于儿女的爱，是不容抹煞的；但那一方面是自然的法则，一方面是他们做人的责任。不能说是什么了不起的恩德，更不能因此苛索儿女的报偿。人的身体发肤虽是人的必备条件，但人之所以为人，却并不专靠身体发肤。我们说某人是大人，并不指他的身体魁伟；说某人是好人，也不是指他身体的康健或形体的完美。可见人生于世，必有比身体发肤更重要的东西，而那些东西，却不一定都是父母所能给予的。

孝的说教最不足为训的，不在使儿女孝顺父母，而在使父母中了它的毒，对于儿女对于自己的任何侍奉都居之不疑；自己对于儿女的任何苛虐，都毫无内疚。因之在新旧思想交替的时会，常有顽固的父母，滥用家庭的权威，为旧思想保镳，阻碍儿女进步，甚至迫害儿女。如传说中的瞽瞍夫妇之于帝舜。人被逼得上天无路，入地无门的时候，不免想到：父母何以能如此猖狂？不过曾给我以身体发肤罢了！安得别有一具身体发肤可以自用，把父母的还给父母，从此还我自由，飘然远举？《封神》

的作者，创造出“莲花化身”的故事，恐怕就是深有感于孝道的残酷的。

传统思想深中人心，孝道观念尤为历来的“圣君贤相”所支持；学士大夫，偶有对于孝道有不敬之处，如孔融，嵇康等人，都因之而罹杀身之祸。无权无勇的文人，乃不能不托之于荒谬的神话，用心亦可谓苦矣！

一九四二，十，廿，重庆

（选自《聂绀弩杂文集》，三联书店1981年版）

家 长

扫一扫，
♫ 收听有声版

李健吾

在男性社会中间，家长是我顶弄不清楚的一个观念。我从小没有想到家长属于哪一门，哪一类，是怎样的身分，是怎样的地位，直到我自己最近成为这种奇怪的家畜之一。这不是说我自来没有感到家长的权威，或者尊严。对于一个孩子，例如我，一切只有“畏”这个字来表现，至于另一个“敬”，说实话，一个十岁的野孩子，特别是乡下孩子，根本就不体会这同样属于人世的另一种精神作用。

这话当然不便应用到人人身上。我只是把自己当做实例来讲。别人我不知道，我不能分身进去感觉。但是，我自己，我敢说，生下来就好像怕一个人，一个修短适度，白面书生的中年男子——不用说，是我父亲。我怕他。现在叫我回忆从哪一天怕起，我实在没有力量做到，反正我可以相信，好像一落娘胎，我第一声的啼哭就是冲着他来的。我真怕他。他并没有绕腮胡子，也不永久绷着面孔，我还瞥见他背着我们摸摸母亲的脸，但是一听见他咳嗽，或者走步，我就远远溜开，万一没有第二个门容我隐遁，只好垂直了一双黑曲曲的小手，站正了，恨不得脚底下正是铜网阵的机关隧道。我想不出他有多大的生杀之权，不过我意识到这是我眼前唯一的人物；他吩咐人，差遣人，从来没有被人差遣，被人吩咐，母亲背地埋怨他两句，然而也只是背地罢了。

我必须声明一句，就是我仅仅当着他怕他。他一不在眼前，我就活像开了锁的猢狲，连跳带窜，一直蹦上房去。他出去了，这寺庙一样清净的院落，仿佛开了闸。忽然一声喧响，四面八方全是回应，兄弟姐妹凑在一起，做成热闹的市场。什么都变了。玻璃砸了一块；瓶子豁了一角；桌子坏了一条脚；墙上多了几道铅笔印子；最后勾针也许扎进姐姐的手指，姐姐疼哭了，我吓哭了；父亲在前院说着话哪，一切仍归平静，甚至于姐姐忘掉疼，不哭了，我更一溜烟不知溜到什么地方去了。

其实提心吊胆，我藏在后园一丛丁香后头。

然后我挨了一记耳光。

我哭了，又不敢哭了。

在这些无数的耳光里面，我记得最亲切的，也最显家长尊严的，差不多回忆起来我最感兴味的，是我忘记给他磕头拜寿的那一巴掌。直到如今，有十五六年了，我还觉得右半个脸红肿着。尤其难堪（不仅是我，我父亲同样难堪）的，是坐了一屋的客人。在不同的情境，这伤着父子双方的骄傲。——但是我说得太多了，或许有人要笑我不知羞了。然而，假如我告诉人，现在我也做了家长，也有权利打自己子女的耳光，谁敢笑我一个不是？假如我再告诉人，我倒羡慕那些挨耳光的日子，唯其我如今做了家长，难道我因而有失家长的高贵？

我明白我说的是什么；别瞧我是家长，或者正唯其我是家长。现在我晓得父亲为什么老是绷着面孔，因为他要弄钱养活这一家大小；为什么他必须绷着面孔，因为他要维持他既得的权利或者无从辞职的位置。我开始尊敬他；我了解他的苦衷。在所有的职业之中，家长是终身而且最不幸的一个。他的上司是社会国家，下属是群一无所能的妇孺。他作爱得躲着子女，或者太太；他叹气得躲着子女，甚至于太太；他读书得躲着子女，尤其是太太。他得意的时辰，就许是他失意的时辰。他梦想了十年云岗，梅兰芳，峨眉山，甚至于中山公园。“明天我们结伴儿去，好不好？”明天？他摇摇头：“我不闲在；我二孩子病了，出疹子。”

这种不可避免的累赘，并不足以证明家长之不可为。曾参唯恐家长之不可为，特地创造了一个“孝”字。来做父亲或者家长的护符。然而在人生的现象里面，最难令我理解的，正是那块“父严子孝”的匾额。无论如何，家长在无形之中占了便宜，却也一丝不假。我可以强子女用功，说是为了他们好，甚至于像我父亲，打他们一记耳光，我可以逛八大胡同，碰见儿子，骂他一声不肖，打他一记耳光，把他从我心赏的小班[①]踢走。然而这还显不出家长的威风。我可以为了一粒芝麻，摔坏苏漆小凳，

① 旧社会北京的著名妓女窝。“小班”是妓女的流派或戏子流派。过去戏子被诬为与娼妓身份同等。

或者扔破乾隆时代的细磁瓶，没有一个人敢说我，除非爱财心重，事后我轻轻自怨自一句。我必须守旧。我可以开出一批赏心悦目的方针，例如，顽固，蛮横，拍桌大怒，不置可否，衣冠整饬等等。然而一个家长最紧固的城堡，却是缄默。这是进可攻、退可守的无上战略。从我做了家长以后，我明白这怎样容易，又怎样困难。这要来得自然。我有三字秘诀奉赠，就是“言必中”。所以，我学来好些为人的道理，从我做了家长以后，不幸是我立即发现我老，老到寻不见一丝不负责任的赤子之心了。

（选自《李健吾散文集》，宁夏人民出版社1986年版）

无家乐

扫一扫，
♫ 收听有声版

冰 心

家，是多么美丽甜柔的一个名词！

征人游子，一想到家，眼里会充满了眼泪，心头会起一种甜酸杂糅的感觉。这种描写，在中外古今的文里，不知有多少，且不必去管它。

但是“家”，除开了情感的分子，它那物质方面，包罗的可真多了：上自父母子女，下至鸡犬猫猪；上自亭台池沼，下至水桶火盆，油瓶盐罐，都是“家”之一部分，所以说到管家，哪一个主妇不皱眉？一说到搬家，哪一个主妇不头痛？

在下雨或雨后的天，常常看见蜗牛拖着那粘软的身体，在那凝涩潮湿的土墙上爬，我对它总有一种同情，一番怜悯！这正是一个主妇的象征！

蜗牛的身体，和我们的感情是一样的，绵软又怯弱。它需要一个厚厚的壳常常要没头没脑的钻到里面去，去求安去取暖。这厚厚的壳，便是由父母子女，油瓶盐罐所组织成的那个沉重而复杂的家！结果呢，它求安取暖的时间很短，而背拖着这厚壳，咬牙蠕动的时候居多！

新近因为将有远行，便暂时把我的家解散了，三个孩子分寄在舅家去，自己和丈夫借住在亲戚或朋友的家中，东家眠，西家吃，南京，上海，北平的乱跑，居然尝到了二十年来所未尝到的自由新鲜的滋味，那便是无家之乐。

古人说“无官一身轻”，这人是一个好官！他把做官当做一种责任，去了官，卸了责任，他便一身轻快，羽化而登仙。我们是说“无家一身轻”，没有了家，也没有了责任，不必想菜单，不必算账，不必洒扫，不必……哎哟，“不必”的事情就数不清了。这时你觉得耳朵加倍清晰，眼睛加倍发亮，脑筋加倍灵活，没事想找事做。

于是平常你听不见的声音，也听见了；平常看不出颜色，也看出了；平常想不起的人物和事情，也一齐想起了；多热闹，多灿烂，多亲切，多新鲜！

这次回到南京来，觉得南京之秋，太可爱可怜了，天空蓝得几乎赶得上北平，每天夜里的星星和月亮，都那么清冷晶莹的，使人屏息，使人低首。早晨起来，睁眼看见纱窗外一片蓝空，等不了扣好衣纽，便逼得人跑到门外去。在那蒙着一层微霜的纤草地上，自在疏慵的躺着十几片稀落的红黄的大枫叶，垂柳在风中快乐的摇曳，池里的凤尾红鱼在浮萍中间自由唼喋着，看见人来，泼剌地便游沉下去了。

这一天便这样自由自在的开始。

我的朋友们，都住在颐和路一带，早起就开始了颐和路的巡礼，为着访友，为着吃饭，这颐和路一天要走七八遭。我曾笑对朋友说，将来南京市府要翻修颐和路的时候，我要付相当的修理费的，因为我走的太多了。

朋友们的气味，和我大都相投，谈起来十分起劲，到了快乐和伤心时候，都可以掉下眼泪，也有时可以深到忍住眼泪。本来么，这八九年来世界，国家，和个人的大变迁，做成了多少悲欢离合的事情，多少甜酸苦辣的情感。这九年的光阴，把我们从“蒙昧”的青春，推到了“了解”的中年，把往事从头细说，分析力和理会力都加强了，忽然感到了九年前所未感觉到的悲哀和矛盾——但在这悲哀和矛盾中，也未尝没有从前所未感觉到的宁静和自由。

谈够了心，忽然想出去走走，于是一窝蜂似的又出去了。我们发现玄武湖上，凭空添出了几个幽静清雅的角落，这里常常是没有人，或者是一两个无事忙的孩子，占住这小亭或小桥的一角。这广大的水边，一洗去车水船龙的景象，把晴空万里的天，耀眼生花的湖水，浓纤纤的草地，静悄悄的楼台，都交付了我们这几个闲人。我们常常用宝爱珍惜的心情走了进来，又用留恋不舍的心情走了出去。

不但玄武湖上多出许多角落，连大街上也多出无数五光十色，炫目夺人的窗户。好久不开发家用了，仿佛口袋里的钱，总是用不完，于是东也买点，西也买点，送人也好，留着也好，充分享受了任意挥霍的快感。当我提着，夹着，捧着一大堆东西，飘飘然回到寓所的时候，心中觉得我所喜欢的不是那些五光十色的糖果，乃是这糖果后面一种挥霍的快乐。

还有种种纸牌戏：十年前我是决不玩的，觉得这是耗时伤神的事情。抗战以后，在寂寞困苦的环境中，没有了其他户外的娱乐，纸牌就成为唯一的游戏。到了重庆，在空袭最猛烈的季节，红球挂起，警报来到，把孩子送下防空洞，等待紧急警报的时间也常常摊开纸牌，来松弛大家紧张的心情。但那还是拿玩牌当作一种工具，如平常大学教授之“卫生牌”，来调和实验室里单调的空气。这次玩牌却又不同了，仿佛我是度一种特别放纵的假期，横竖夜里无须早睡，早晨无须早起，想病就病，想歇就歇，于是六七天来，差不多天天晚上有几个朋友，边笑边谈，一边是有天没日的玩着种种从未玩过的纸牌花样。

这无家之乐，还在绵延之中，我们还在计算着在远行之前，挤出两三天去游山玩水……但我已有了一种隐隐寂寞的感觉！记得幼年在私塾时期，从年夜晚起，锣鼓喧天的直玩到正月十五，等到月上柳梢，一股寂寞之感，猛然袭来，真是“道场散了”！一会儿就该烧灯睡觉，在冷冷的被窝中，温理这十五天来昏天黑地的快乐生涯，明天起再准备看先生的枯皱无情的脸，以及书窗外几枝疏落僵冷的梅花。

上帝创造蜗牛时候，就给它背上一个厚厚的壳，肯背也罢，不肯背也罢，它总得背着那厚壳在蠕动。一来二去的，它对这厚壳，发生了情感。没有了这壳，它虽然暂时得到了一种未经验过的自由，而它心中总觉得反常，不安逸！

我所要钻进去的那一个壳，是远在海外的东京。和以前许多的壳一样，据说也还清雅，再加上我的稳静的丈夫，和娇憨的小女，为求安取暖，还是不差！

是壳也罢，不是壳也罢，“家”是多么美丽甜柔的一个“名词”！

一九四六年十月廿日，南京颐和路

（选自《冰心文集》第3卷，上海文艺出版社1984年版）

扫一扫，
收听有声版♫

啊，你盼望的那个原野

严文井

看着你的画像，我忽然想起要举行一次悄悄的祭奠。我举起了一个玻璃杯。它是空的。

你知道我的一贯漫不经心。

我有酒。你也知道，那在另一个房间里，在那个加了锁的柜橱里。

现在我只是单独一人。那个房间，挂满了蜘蛛网，积满了厚厚的灰尘。我没有动，只是瞅着你的面容。

我由犹豫转而徘徊。

我徘徊在一个没有边际的树林里。

这儿很丰饶，但有些阴森。几条青藤缠绕着那些粗大的树干，开着白色的花。青藤的枝条在树冠当中伸了出来，好像有人在那儿窥望。

我绊绊跌跌。到处都是那么厚的落叶，歪歪斜斜的朽木，还有水坑。

我低头审视，想认出几个足迹和一条小径。也许我是想离开树林。我可能已经染成墨绿色了，从头到尾。我干渴，舌头发苦，浑身湿透。

我总是忘不了那个有些令我厌烦的世俗的世界。我不懂为什么还要回到那里去。可是我优柔寡断，仍然在横倒的老树干和被落叶埋着的乱石头之间跌跌绊绊，不断来回，不断绕着圈儿。这儿过于清幽，反而令人感到憋闷。

“七毛啊——回来吧！”一个女人在叫喊。

“回来了！”另一个女人在回答。

“七毛啊——回来吧！”

“回来了！”

一个母亲在为一个病重的儿子招魂。一呼一应，忧伤的声音渐渐远去。

那是五十多年前的一个夜晚。记不清是一个什么样的夜晚，但那的确是一个夜晚。那个小城市灯光很少，街巷里黑色连成一片。

“魂兮归来！”

“魂兮归来！”

一片黄色的木叶在旋转着飘飘而下，落在我的面前。也许这就是他，他失落在我的面前。我张口呼喊。然而我听不见自己的声音。一片寂静。难道我也失落了？我又失落在谁的面前？

如果真有那么一个人，我很想看见他。只有一阵短促的林鸟嘶鸣，有些凄厉，随即消失。那不能算回答。

那飘忽不定的是几个模糊的光圈，颜色惨白。那一定是失落到这儿的太阳。

有微小的风在把树林轻轻摇晃。

“不要看，快把眼睛闭着。你的眼睛反光，会暴露目标。”

九架轰炸机，排成三排，正飞临我们上空。它们的肚皮都好像笔直地对着我们躺在里面的那个土坑，对着我们。

“驾驶员看不见我的眼睛。”

“不，看得见的。你的眼睛太亮。”

你伸出一只手来遮住我的双眼，又用一只胳膊来护住我的脑袋。你毫不怀疑你那柔弱的胳膊能够拯救我的生命。上帝也不会这样真诚。

轰炸机从这片田野上空飞过去了，炸弹落在远方。战争过去了，我们安然度过了自己的青春。但是，总是匆匆忙忙。

你躺在那张病床上。

你并不知道那就是你临终的病床，说：

“明年我们一定要一起出去旅行，到南方。你陪着我去那些我没有去过的地方。”

你还说，

“可怜的老头儿，你也该休息休息。”

在昏迷中，你还有一句不完整的话：

“……那个花的原野，那个原野都是花……”

就这样，你一点点地耗尽了灯油，熄灭了你的光。

我和几个人把蒙着白布的你从床上抬起。我真没有想到你有这么沉。

护士们来打开这间小房的窗扇，让风肆意吹。这些窗扇好久没有打开过，你总是幻觉到有股很冷的风。

我提着那个瓷坛走向墓地。瓷坛叮当作响，那是我母亲火化后剩余的骨殖在里面碰击。

我尽量走得慢一些，也不断调整我走路的姿势，但无法找到一个更妥当的办法，避免这样的碰击。

一些路人远远躲开我。他们认得这种瓷坛。

我母亲不会这样对待我。当我在她肚子里的时候，我得到的只能是温暖和柔和。即使我有些不安分，她也不会让我碰击作响。她用自己的肉体装着我，我用冰冷的瓷坛装着她。那个给予和这个回报是如此不相称。我的后悔说不完。

我正在把母亲送往墓地。一片宁静，我没有听见母亲说话的声音。

我仍在密树和丛莽之间转圈儿。

这也许是一个我永远无法穿过的迷宫。树叶沙沙作响，无边无际，无始无终。也许一阵暴风雨就要来临。

突然响起了一个闷雷，在一个不知道的远方。

我也许会永远失落在这里，也许。

我是这样矛盾。喜欢孤寂，可又害怕与世隔绝。

这么热。这里可能有一团厚厚的水蒸气正在郁结。可是我又看不见那股灰白色的热雾。

我已满身湿透，我仍在转悠。

我多么希望听见你的一声呼唤。哪怕是嘲笑，甚至斥责，只要是你的声音。

你太善良了。我有失误，你总是给以抚慰；我有不幸，必然会引起你的忧伤；我对你粗暴，你只有无声的眼泪。

“魂兮归来！归来！”

只有树叶沙沙作响。

那个时候我们真是无忧无虑，只要能够行走就会感到海阔天空。

那片高原上有黄土，有石头，有酸枣刺，还有溪流。溪流里还常常看到成群的小蝌蚪。我们老是沿着弯弯拐拐的山沟跋涉，不知道哪儿是尽头。

我决没有想到你后我而来，竟会先我而去。决没有，决没有。

“魂兮归来！归来！”

现在我脑子里独自装着那些山沟，我只好勉强承认那个有些神秘的尽头。

现在我正跟着一大队奇装异服的人去开垦一块“沼泽地”，一个美丽的湖。大水还没退尽，一片泥泞。这是一个多雨的地方。我们不少人滑倒了，每个人都是大汗淋漓。如果你看见这个场面，肯定又会说："可怜的老头儿！"

不，我们不应该讨人怜悯，更不必为自己伤心。

前面有一片高地，地面铺满了小草，竟然一片翠绿。

你定会代我感到高兴，再前面又突然出现了一丛丛野花。

紫色的一片，红色的一片，蓝色的一片，都是矮矮的，紧紧贴着地面。它们没有喧嚣，更不吵嚷。只是一片宁静，一片安详。

我叫不出那些小小的野花的名字。我的最高赞美只有一个字：花！

正如同你就是你一样，它们就是花，就是美，就是它们自己。

我很想为那些野花野草多流连一会儿，但是没有办法。我们并没有参加一场战争，也没存心冒犯谁，一夜之间却变成了自己同事的"俘虏"。我们还得继续在无尽的泥泞里东歪西倒，去开垦那片"沼泽地"，那个美丽的湖。那是命令。唉！那个年代！

虚妄逐渐退却，幻影慢慢隐去。我终于在树林中找到了一片开阔地。这里有许多蘑菇，许多野花。一片宁静，一片幽香。这不就是你说的那个"花的原野"！

我想你早就想象过这样一个原野，而你白白盼望了一生，等待了一生。

我终于明白了你未说完的话的意思。

我颠三倒四地向你说了这么一大堆，你当然记得这是我的秉性难移。你在倾听，带着我熟悉的那个笑容。你从来不嫌我罗嗦。

不必再呼唤你的归来，你根本就没有离开。你就在我的身边，每朵花都可以作证明。

我放下了酒杯。

原谅我，我忘记了你是不会喝酒的。美好的感情，不靠酒来激发。我们的心很柔和，还要继续保持柔和。

你应该高兴，我们正在走向花的原野。

啊，你盼望的那个原野！

一九八三年七月廿八日晚

（选自《人民文学》1983年10期）

寄小读者

——通讯十二

扫一扫，
♫ 收听有声版

冰 心

小朋友：

满廊的雪光，开读了母亲的来信，依然不能忍的流下几滴泪。——四围山上的层层的松枝，载着白绒般的很厚的雪，沉沉下垂。不时的掉下一两片手掌大的雪块，无声的堆在雪地上。小松呵！你受造物的滋润是过重了！我这过分的被爱的心，又将何处去交卸！

小朋友，可怪我告诉过你们许多事，竟不曾将我的母亲介绍给你。——她是这么一个母亲：她的话句句使做儿女的人动心，她的字，一点一划都使做儿女的人下泪！

我每次得她的信，都不曾预想到有什么感触的，而往往读到中间，至少有一两句使我心酸泪落。这样深浓，这般诚挚，开天辟地的爱情呵！愿普天下一切有知，都来颂赞！

以下节录母亲信内的话，小朋友，试当她是你自己的母亲，你和她相离万里，你读的时候，你心中觉得怎样？

我读你《寄母亲》的一首诗，我忍不住下泪，此后你多来信，我就安慰多了！

十月十八日

我心灵是和你相连的。不论在做什么事情，心中总是想起你来……

十月二十七日

我们是相依为命的。不论你在什么地方，做什么事情，你母亲的心魂，总绕在你的身旁，保护你抚抱你，使你安安稳稳一天一天的过去。

十一月九日

我每遇晚饭的时候，一出去看见你屋中电灯未息，就仿佛你在屋里，未来吃饭似的，就想叫你，猛忆你不在家，我就很难过！

十一月二十二日

你的来信和相片，我差不多一天看了好几次，读了好几回。到夜中睡觉的时候，自然是梦魂飞越在你的身旁，你想做母亲的人，哪个不思念她的孩子？……

十一月二十六日

经过了几次的酸楚我忽发悲愿，愿世界上自始至终就没有我，永减母亲的思念。一转念纵使没有我，她还可有别的女孩子做她的女儿，她仍是一般的牵挂，不如世界上自始至终就没有母亲。——然而世界上古往今来百千万亿的母亲，又当如何？且我的母亲已经彻底的告诉我：“做母亲的人，哪个不思念她的孩子！”

为此我透澈地觉悟，我死心塌地的肯定了我们居住的世界是极乐的。“母亲的爱”打千百转身，在世上幻出人和人，人和万物种种一切的互助和同情。这如火如荼的爱力，使这疲缓的人世，一步一步的移向光明！感谢上帝！经过了别离，我反复思寻印证，心潮几番动荡起落，自我和我的母亲，她的母亲，以及他的母亲接触之间，我深深的证实了我年来的信仰，绝不是无意识的！

真的，小朋友！别离之前，我不曾懂得母亲的爱动人至此，使人一心一念，神魂奔赴……我不须多说，小朋友知道的比我更彻底。我只愿这一心一念，永住永存，尽我在世的光阴，来讴歌颂扬这神圣无边的爱！圣保罗在他的书信里说过一句石破天惊的话，是：“我为这福音的奥秘，做了带锁链的使者。”一个使者，却是带着奥妙的爱的锁链的！小朋友，请你们监察我，催我自强不息的来奔赴这理想的最高的人格！

这封信不是专为介绍我母亲的自身，我要提醒的是“母亲”这两个字。谁无父母，谁非人子？母亲的爱，都是一般；而你们天真中的经验，却千百倍的清晰浓挚于我！母亲的爱，竟不能使我在人前有丝毫的得意和骄傲，因为普天下没有一个没有母亲的孩子。小朋友，谁道上天生人有厚薄？无贫富，无贵贱，造物者都预备一个母亲来爱他。又试问鸿濛初辟时，又哪里有贫富贵贱，这些人造的制度阶级？遂令当时人类在母亲的爱光之下，个个自由，个个平等！

你们有这个经验么？我往往有爱世上其他物事胜过母亲的时候。为着兄弟朋友，为着花鸟虫鱼，甚至于为着一本书一件衣服，和母亲违拗争执。当时只弄娇痴，就是母亲，也未曾介意。如今病榻上寸寸回想，使我有无限的惊悔。小朋友！为着我，你们自此留心，只有母亲是真爱你的。她的劝诫，句句有天大的理由。花鸟虫鱼的爱是暂时的，母亲的爱是永远的！

时至今日，我偶然觉悟到，因着母亲，使我承认了世间一切其他的爱，又冷淡了世间一切其他的爱。

青山雪霁，意态十分清冷。廊上无人，只不时的从楼下飞到一两声笑语，真是幽静极了。造物者的意旨，何等的深沉呵！把我从岁暮的尘嚣之中，提将出来，叫我在深山万静之中，来辗转思索。

说到我的病，本不是什么大症候，也就无所谓痊愈，现在只要慢慢的休息着。只是逃了几个月的学，其中也有幸有不幸。

这是一九二三年的末一日，小朋友，我祝你们的进步。

冰 心

一九二三年十二月三十一日，青山沙穰

（选自《冰心文集》第三卷，上海文艺出版社1984年版）

扫一扫，
收听有声版 ♫

我的祖母之死

徐志摩

（一）

一个单纯的孩子，
过他快活的时光，
兴冲冲的，活泼泼的，
何尝识别生存与死亡？

这四行诗是英国诗人华茨华斯（William wordsworth）一首有名的小诗叫做《我们是七人》（We are seven）的开端，也就是他的全诗的主意。这位爱自然，爱儿童的诗人，有一次碰着一个八岁的小女孩，发卷蓬松的可爱，他问她兄弟姊妹共有几人，她说我们是七个，两个在城里，两个在外国，还有一个姊妹一个哥哥，在她家里附近教堂的墓园里埋着。但她小孩的心理，却不分清生与死的界限，她每晚携着她的干点心与小盘皿，到那墓园的草地里，独自的吃，独自的唱，唱给她的在土堆里眠着的兄姊听，虽则他们静悄悄的莫有回响，她烂漫的童心却不曾感到生死间有不可思议的阻隔；所以任凭华翁多方的譬解，她只是睁着一双灵动的小眼，回答说：

“可是，先生，我们还是七人。”

（二）

其实华翁自己的童真，也不让那小女孩的完全。他曾经说：“在孩童时期，我不能相信我自己有一天也会得悄悄的躺在坟里，我的骸骨会得变成尘土。”又一次他对人说：“我做孩子时最想不通的，是死的这回事将来也会得轮到我自己身上。”

孩子们天生是好奇的，他们要知道猫儿为什么要吃耗子，小弟弟从哪里变出来的，或是究竟先有鸡还是先有鸡蛋；但人生最重大的变端——死的现象与实在，他们也只能含糊的看过，我们不能期望一个个小孩子们都是搔头穷思的丹麦王子。他们临到丧故，往往跟着大人啼哭；但他只要眼泪一干，就会到院子里踢毽子，赶蝴蝶，即使在屋子里长眠不醒了的是他们的亲爹或亲娘，大哥或小妹，我们也不能盼望悼死的悲哀可以完全翳蚀了他们稚羊小狗似的欢欣。你如其对孩子说，你妈死了，你知道不知道——他十次里有九次只是对着你发呆；但他等到要妈叫妈，妈偏不应的时候，他的嫩颊上就会有热泪流下。但小孩天然的一种表情，往往可以给人们最深的感动。我生平最忘不了的一次电影，就是描写一个小孩爱恋已死母亲的种种天真的情景。她在园里看种花，园丁告诉她这花在泥里，浇下水去，就会长大起来。那天晚上天下大雨，她睡在床上，被雨声惊醒了，忽然想起园丁的话，她的小脑筋里就发生了绝妙的主意。她偷偷的爬出了床，走下楼梯，到书房里去拿下桌上供着的她死母的照片，一把揣在怀里，也不顾倾倒着的大雨，一直走到园里，在地上用园丁的小锄掘松了泥土，把她怀里的亲妈，谨慎的取了出来，栽在泥里，把松泥掩护着，她做完了工就蹲在那里守候，穿着白色的睡衣，在深夜的暴雨里，蹲在露天的地上，专心笃意的盼望已经死去的亲娘，像花草一般，从泥土里发长出来！

（三）

我初次遭逢亲属的大故，是二十年前我祖父的死，那时我还不满六岁。那是我生平第一次可怕的经验，但我追想当时的心理，我对于死的见解也不见得比华翁的那位小姑娘高明。我记得那天夜里，家里人吩咐祖父病重，他们今夜不睡了，但叫我和我的姊妹先上楼睡去，回头要我们时他们回来叫的。我们就上楼去睡了，底下就是祖父的卧房，我那时也不十分明白，只知道今夜一定有很怕的事，有火烧，强盗抢，做怕梦，一样的可怕。我也不十分睡着，只听得楼下的急步声，碗碟声，唤婢仆声。隐隐的哭泣声，不息的响着。过了半夜，他们上来把我从睡梦里抱了下去，我醒过来只听得一片的哭声，他们已经把长条香点起来，一屋子的烟，一屋子的人，围拢在床前，哭的哭，喊的喊，我也挨了过去，在人丛里偷看大床里的好祖父。忽然听说醒了醒了，哭喊声也歇了，我看见父亲趴在床里，把病父抱持在怀里，祖父倚在他的身上，双眼紧闭着，口里衔着一块黑色的药物，他说话了，很轻的声音，虽则我不曾听明他说的什么话，后来知道他经过了一阵昏晕，他又醒了过来对家人说：“你们吃吓了，这算是小死。”他接着又说了好几句话，随讲音随低，呼气随微，去了，再不醒了，但我却不曾亲见最后的弥留，也许是我记不起，总之我那时早已跪在地板上，手里擎着香，跟着大家高声的哭喊了。

（四）

此后我在亲戚家收殓虽则看得不少，但死的实在的状况却不曾见过。我们念书人的幻想是比较的丰富，但往往因为有了幻想力，就不管生命现象的实在，结果是书呆子，陆放翁说的“百无一用是书生”，人生的范围是无穷的：我们少年时精力充足什么都不怕尝试，只愁没有出奇的事情做，往往抱怨这宇宙太窄，青天太低，大鹏似的翅膀飞不痛快，但是……但是平心的说，且不论奇的，怪的，特别的，离奇的，我们姑且试问人生里最基本的事实，最单纯的，最普遍的，最平庸的，最近人情的经验，我们究竟能有多少的把握，我们能有多少深彻的了解，我们是否都亲身经历过？譬如说：生产，恋爱，痛苦，悲，死，妒，恨，快乐，真疲倦，真饥饿，渴，毒焰似的渴，真的幸福，冻的刑罚，忏悔，种种的情热。我可以说，我们平常人生观，人类，人道，人情，真理，哲理，本能等等名词不离口吻的念书人们，什么文学家，什么哲学家——关于真正人生基本的事实的实在，知道的——恐怕是极微至鲜，即便不等于圆圈。我有一个朋友，他和夫人的感情极厚，一次他夫人临到难产，因为在外国，所以进医院什么都得他自己照料，最后医生宣言只有用手术一法，但性命不能担保，他没有法子，只好和他半死的夫人诀别（解剖时亲属不准在旁的）。满心毒魔似的难受，他出了医院，走在道上，走上桥去，像得了离魂病似的，心脉舂臼似的跳着，最后他听着了教堂和缓的钟声，他就不自主的跟着钟声，进了教堂，跟着在做礼拜的跪着，祷告，忏悔，祈求，唱诗，流泪（他并不是信教的人），他这样的捱过时刻，后来回转医院时，一步步都是残酷的磨难，比上行刑场的犯人，加倍的难受，他怕见医生与看护妇，仿佛他的运命是在他们的手掌里握着。事后他对人说："我这才知道了人生一点子的意味！"

（五）

所以不曾经历过精神或心灵的大变的人们，只是在生命的户外徘徊，也许偶尔猜想到几分墙内的动静，但总是浮的浅的，不切实的，甚至完全是隔膜的。人生也许是个空虚的幻梦，但在这幻象中，生与死，恋爱与痛苦，毕竟是陡起的奇峰，应得激动我们彷徨者的注意，在此中也许有可以感悟到一些幻里的真，虚中的实，这浮动的水泡不曾破裂以前，也应得饱吸自由的日光，反射几丝颜色！

我是一只不羁的野狗，我往往纵容想象的猖狂，诡辩人生的现实：比如凭藉凹拆的玻璃，觉察当前景色。但时而复再，我也能从烦嚣的杂响中听出清新的乐调，在眩耀的杂彩里，看出有条理的意匠。

祖母的大故，老家庭的生活，给我不少静定的时刻，不少深刻的反省。我不敢说我因此感悟了部分的真理，或是取得了若干的智慧；我只能说我因此与实际生活更深了一层的接触，益发激动我对奇的探讨，益发使我惊讶这迷谜的玄妙，不但死是神奇的现象，不但生命与呼吸是神奇的现象，就连日常的生活与习惯与迷信，也好像放射着异样的光闪，不容我们擅用一两个形容词来概状，更不容我们倡言什么主义来抹煞——一个革新者的热心，碰着了实在的寒冰！

（六）

我在我的日记里翻出一封不曾写完不曾付寄的信，是我祖母死后第二天的早上写的。我时在极强烈的极鲜明的时刻内，很想把那几日经过感想与疑问，痛快的写给一个同情的好友，使他在数千里外也能分尝我强烈的鲜明的感情。那位同情的好友我选中了通伯，但那封信却只起了一个呆重的头，一为丧中忙，二是我那时眼热不耐用心，始终不曾写就，一直挨到现在再想补写，恐怕强烈已经变弱，鲜明已经变暗，逃亡的思绪，不易追获的了。我现在把那封残信录在这里，再来追摹当时的情景。

通伯：

我的祖母死了！从昨夜十时半起，直到现在，满屋子只是号啕呼抢的悲音，与和尚道士女僧的礼忏鼓磬声。二十年前祖父丧时的情景，如今又在眼前了。忘不了的情景！你愿否听我讲些？

我一路回家，怕的也许已经见不到老人，但老人却在生死的交关仿佛存心的弥留着，等待她最钟爱的孙儿——即不能与他开言诀别，也使他尚能把握她依然温暖的手掌，抚摩她依然跳动着的胸怀，凝视她依然能自开自阖虽则不再能表情的目睛。她的病是脑充血的一种，中医称为“卒中”（最难救的中风）。她十日前在暗房里蹶仆倒地，从此不再开口出言，登仙似的结束了她八十四年的长寿，六十年良妻与贤母的辛勤，她现在已经永远的脱辞了烦恼的人间，还归她清净自在的来处。我们承受她一生的厚爱与荫泽的儿孙，此时亲见，将来追念，她最后的神化，不能自禁中怀的摧痛，热泪暴雨似的盆涌，然痛心中却亦隐有无穷的赞美，热泪中依稀想见她功成德备的微笑，无形中似有不朽的灵光，永远的临照她绵衍的后裔……

（七）

旧历的乞巧那一天，我们一大群快活的游踪，驴子灰的黄的白的，轿子四个脚夫抬的，正在山海关外，纡回的，曲折的绕登角山的栖贤寺，面对着残圮的长城，巨虫似的爬山越岭，隐入烟霭的迷茫。那晚回北戴河海滨住处，已经半夜，我们还打算天亮四点钟上莲峰山去看日出，我已经快上床，忽然想起了，出去问有信没有，听差递给我一封电报，家里来的四等电报。我就知道不妙，果然是“祖母病危速回”！我当晚就收拾行装，赶早上六时车到天津，晚上才上津浦快车。正嫌路远车慢，半路又为发水冲坏了轨道过不去，一停就停了十二点钟有余，在车里多过了一夜，直到第三天的中午方才过江上沪宁车。这趟车如其准点到上海，刚好可以接上沪杭的夜车，谁知道又误了点，误了不多不少的一分钟，一面我们的车进站，他们的车头呜的一声叫，别断别断的去了！我若然悬空身子，还可以冒险跳车，偏偏我的一双手又被行李雇定了，所以只得定着眼睛送沪杭车离站远去，直到八月二十二日的中午我方才到家。我给通伯的信说“怕的是已经见不着老人”，在路上那几天真是难受，缩不短的距离没有一昼夜到家！试想病危了的八十四岁的老人，这二十四点钟不是容易过的，说不定她刚巧在这个期间内有什么动静，那才叫人抱愧呢，可是结果还算没有多大的差池——她老人家还在生死的交关等着！

（八）

奶奶——奶奶——奶奶！奶——奶！你的孙儿回来了，奶奶！没有回音。老太太阖着眼，仰面躺在床里，右手拿着一把半旧的雕翎扇很自在的扇动着。老太太原来就怕热，每到暑天总是扇子不离手的，那几天又是特别的热。这还不是好好的老太太，呼吸顶匀净的，定是睡着了，谁说危险！奶奶，奶奶！她把扇子放下了，伸手去摸着头顶上挂着的冰袋，一把抓得紧紧的，呼了一口长气，像是暑天赶道儿的喝了一碗凉汤似的，这不是她明明的有感觉不是？我把她的手握在手里，她似乎感觉我手心的热，可是她也让我握着，她开眼了！右眼张得比左眼开些，瞳子却是发呆，我拿手指在她的眼前一挑，她也没有瞬，那准是她瞧不见了——奶奶；奶奶，——她也真没有听见，难道她真是病了，真是危险，这样爱我疼我宠我的好祖母，难道真会得……我心里一阵的难受，鼻子里一阵的酸，滚热的眼泪就迸了出来。这时候床前已经挤满了人，我的这位，我的那位，我一眼看过去，只见一片惨白忧愁的面色，一只只装满了泪珠的眼眶。我的妈更看的憔悴。她们已经伺候了六天六夜，妈对我讲祖母这回不幸的情形，怎样的她夜饭前还在大厅上吩咐事情，怎样的饭后进房去自己擦脸，不知怎样的闪了下去，外面人听着响声才进去，已经是不能开口了，怎样的请医生，一直到现在还没有转机……

一个人到了天伦骨肉的中间，整套的思想情绪，就变换了式样与颜色。你的不自然的口音与语法没有用了；你的耀眼的袍服可以不必穿了；

你的洁白的天使的翅膀，预备飞翔出人间到天堂的，不便在你的慈母跟前自由的开豁；你的理想的楼台亭阁，也不易轻易的放进这二百年的老屋；你的佩剑，要寨，以及种种的防御，在争竞的外界即使是必要的，到此只是可笑的累赘。在这里，不比在其余的地方，他们所要求于你的，只是随熟的声音与笑貌，只是好的，纯粹的本性，只是一个没有斑点子的赤裸裸的好心。在这些纯爱的骨肉的经纬中间，不由得你不从你的天性里抽出最柔糯亦最有力的几缕丝线来加密或是缝补这幅天伦的结构。

所以我那时坐在祖母的床边，含着两朵热泪，听母亲叙述她的病况，我脑中发生了异常的感想，我像是至少逃回了二十年的光阴，正如我膝前子侄辈一般的高矮，回复了一片纯朴的童真，早上走来祖母的床前，揭开帐子叫一声软和的奶奶，她也回叫了我一声，伸手到里床去摸给我一个蜜枣或是三片状元糕，我又叫了一声奶奶，出去玩了，那是如何可爱的辰光，如何可爱的天真，但如今没有了，再也不回来了。现在床里躺着的，还不是我亲爱的祖母，十个月前我伴着到普陀登山拜佛清健的祖母，但现在何以不再答应我的呼唤，何以不再能表情，不再能说话，她的灵性哪里去了？

（九）

一天，一天，又是一天——在垂危的病榻前过的时刻，不比平常飞驶无碍的光阴，时钟上同样的一声的嗒，直接的打在你的焦急的心里，给你一种模糊的隐痛——祖母还是照样的眠着，右手的脉自从起病以来已是极微仅有的，但不能动弹的却反是有脉的左侧，右手还时不时在挥扇，但她的呼吸还是一例的平匀，面容虽不免瘦削，光泽依然不减，并没有显著的衰象，所以我们在旁边看她的，差不多每分钟都盼望她从这长期的睡眠中醒来，打一个哈欠，就开眼见人，开口说话——果然她醒了过来，我们也不会觉得离奇，像是原来应当似的。但这究竟是我们亲人绝望中的盼望，实际上所有的医生，中医，西医，针医，都已一致的回绝，说这是“不治之症”，中医说这脉象是凭证，西医说脑壳里血管破裂，虽则植物性机能——呼吸，消化——不曾停止，但言语中枢已经断绝——此外更专门更玄学更科学的理论我也记不得了。所以暂时不变的原因，就在老太太本来的体元太好了，拳术家说的“一时不能散工”，并不是病有转机的兆头。

我们自己人也何尝不明白这是个绝症；但我们却总不忍自认是绝望：这“不忍”便是人情。我有时在病榻前，在凄恒的静默中，发生了重大的疑问。科学家说人的意识与灵感，只是神经系最高的作用，这复杂，微妙的机械，只要部分有了损伤或是停顿，全体的动作便发生相当的影响，如其最重要的部分受了扰乱，他不是变成反常的疯癫，便是完全的失去意识。照这一说，体即是用，离了体即没有用；灵魂是宗教家的大谎，人的身体一死什么都完了。这是最干脆不过的说法，我们活着时有这样有那样已经尽够麻烦，尽够受，谁还有兴致，谁还愿意到坟墓的那一边再去发生关系，地狱也许是黑暗的，天堂是光明的，但光明与黑暗的区别无非是人类专擅的假定，我们只要摆脱这皮囊，还归我清静，我就不愿意头戴一个黄色的空圈子，合着手掌跪在云端里受罪！

再回到事实上来，我的祖母——一位神智最清明的老太太——究竟在哪里？我既然不能断定因为神经部分的震裂她的灵感性便永远的消灭，但同时她又分明的失却了表情的能力，我只能设想她人格的自觉性，也许比平时消淡了不少，却依旧是在着，像在梦魇里将醒未醒时似的，明知她的儿女孙会不住的叫唤她醒来，明知她即使要永别也总还有多少的嘱咐，但是可怜她的眼球再不能反映外界的印象，她的声带与口舌再不能表达她内心的情意，隔着这脆弱的肉体的关系，她的性灵再不能与她最亲的骨肉自由的交通——也许她也在整天整夜的伴着我们焦急，伴着我们伤心，伴着我们出泪，这才是可怜，这才真叫人悲感哩！

（十）

到了八月二十七那天，离她起病的第十一天，医生吩咐脉象大大的变了，叫我们当心，这十一天内每天她很困难的只咽入几滴稀薄的米汤，现在她的面上的光泽也不如早几天了，她的目眶更陷落了，她的口部的肌肉也更宽弛了，她右手的动作也减少了，即使拿起了扇子也不再能很自然的扇动了——她的大限的确已经到了。但是到晚饭后，反是没有什么显像。同时一家人着了忙，准备寿衣的，准备冥银的，准备香灯等等的。我从里走出外，又从外走进里，只见匆忙的脚步与严肃的面容。这时病人的大动脉已经微细的不可辨，虽则呼吸还不至怎样的急促。这时一门的骨肉已经齐集在病房里，等候那不可避免的时刻。到了十时光景，我和我的父亲正坐在房的那一头一张床上，忽然听得一个哭叫的声音说——“大家快来看呀，老太太的眼睛张大了！”这尖锐的喊声，仿佛是一大桶的冰水浇在我的身上，我所有的毛管一齐竖了起来，我们踉跄的奔到了床前，挤进了人丛。果然，老太太的眼睛张大了，张得很大了！这是我一生从不曾见过，也是我一辈子忘不了的眼见的神奇。（恕罪我的描写！）不但是两眼，面容也是绝对的神变了（Transfigured）；她原来皱缩的面上，发出一种鲜润的彩泽，仿佛半瘀的血脉，又一次在全身通畅了。她那布满皱纹的面颊也都回复了异样的丰润；同时她的呼吸渐渐的上升，急进的短促，现在已经几乎脱离了气管，只在鼻孔里脆响的呼出了。但是最神奇不过的是一只眼睛！她的瞳孔早已失去了收敛性，呆顿的放大了。但是最后那几秒钟，不但眼眶是充分的张开了，不但黑白分明，瞳孔锐利的紧敛了，并且放射着一种不可形容，不可信的辉光，我只能称它为“生命最集中的灵光”！这时候床前只是一片的哭声，子媳唤着娘，孙子唤着祖母，婢仆争喊着老太太，几个稚龄的曾孙，也跟着狂叫太太……但老太太最后的开眼，仿佛是与她亲爱的骨肉，作无言的诀别，我们都在号泣的送终，她也安慰了，她放心的去了。在几秒时内，死的黑影已经移上了老人的面部，遏灭了生命的异彩，她最后的呼气，正似水泡破裂，电光杳灭，菩提的一响，生命呼出了窍，什么都止息了。

（十一）

我满心充塞了死象的神奇，同时又须顾管我有病的母亲，她那时出性的号啕，在地板上滚着，我自己反而哭不出来；我自己也觉得奇怪，眼看着一家长幼的涕泪滂沱，耳听着狂沸时的呼抢号叫，我不但不发生同情的反应，却反而达到了一个超感情的，静定的，幽妙的意境，我想象的看见祖母脱离了躯壳与人间，穿着雪白的长袍，冉冉的上升天去，我只想默默的跪在尘埃，赞美她一生的功德，赞美她一生的圆寂。这是我的设想！我们内地人却没有这样纯粹的宗教思想；他们的假定是不论死的是高年厚德的老人或是无知无慾的幼孩，或是罪大恶极的凶人，临到弥留的时刻总是一例的有无常鬼，摸壁鬼，牛头马面，赤发獠牙的阴差等等到门，拿着镣链枷锁，来捉拿阴魂到案。所以烧纸帛是平他们的暴戾，最后的呼抢是没奈何的诀别。这也许是大部分临死时实在的情景，但我们却不能概定所有的灵魂都不免遭受这样的凌辱。譬如我们的祖老太太的死，我能想象她是登天，只能想象她慈祥的神化——像那样鼎沸的号啕，固然是至性不能自禁，但我总以为不如匍伏隐泣或祷默，较为近情，较为合理。

理智发达了，感情便失去了自然的浓挚；厌世主义的看来，眼泪与笑声一样是空虚的，无意义的。但厌世主义姑且不论，我却不相信理智的发达，会得妨碍天然的情感；如其教育真有效力，我以为效力就在剥削了不合理性的"感情作用"，但决不会有损真纯的感情；他眼泪也许比一般人流得少些，但他等到流泪的时候，他的泪才是应流的泪。我也是智识愈开流泪愈少的一个人，但这一次却也真的哭了好几次。一次是伴我的姑母哭的，她为产后不曾复元，所以祖母的病一直瞒着她，一直到了祖母故后的早上方才通知她。她扶病来了，她还不曾下轿，我已经听出她在啜泣，我一时感觉一阵的悲伤，等到她出轿放声时，我也在房中歔欷不住。又一次是伴祖母当年的赠嫁婢哭的。她比祖母小十一岁，今年七十三岁，亦已是个白发的婆子，她也来哭她的“小姐”，她是见着我祖母的花烛的唯一个人，她的一哭我也哭了。

再有是伴我的父亲哭的。我总是觉得一个身体伟大的人，他动情感的时候，动人的力量也比平常人伟大些。我见了我父亲哭泣，我就忍不住要伴着淌泪。但是感动我最强烈的几次，是他一人倒在床里，反复的啜泣着，叫着妈，像一个小孩似的，我就感到最热烈的伤感，在他伟大的心胸里浪涛似的起伏，我就感到母子的感情的确是一切感情的起源与总结，等到一失慈爱的荫蔽，仿佛一生的事业顿时莫有了根底，所有的欢乐都不能填平这唯一的缺陷；所以他这一哭，我也真哭了。但是我的祖母果真是死了吗？她的躯体是的，但她是不死的。诗人勃兰恩德（Brlant）说：

So live, that when thy summons comes to join the innumerable caravan, which moves to that mysterious realm where each one takes his chamber in the silent halls of death, then go not, like the quarry slave at night scourged to his dungeon, but sustained and soothed.

By an unfaltering truth, approach thy grave like one that wraps the drapery of his couch, about him, and lies down to pleasant dreams.

如果我们的生前是尽责任的，是无愧的，我们就会安坦的走近我们的坟墓，我们的灵魂里不会有惭愧或悔恨的齿痕。人生自生至死，如勃兰恩德的比喻，真是大队的旅客在不尽的沙漠中进行，只要良心有个安顿，到夜里你卧倒在帐墓里就不怕噩梦来缠绕。

我的祖母，在那旧式的环境里，到我们家来五十九年，真像是做了长期的苦工，她何尝有一日的安闲，不必说子女的嫁娶，就是一家的柴米油盐，扫地抹桌，哪一件事不在八十岁老人早晚的心上！我的伯父快近六十岁了，但他的起居饮食，还差不多完全是祖母经管的，初出世的曾孙如其有些身热咳嗽，老太太晚上就睡不安稳；她爱我宠我的深情，更不是文字所能描写；她那深厚的慈荫，真是无所不包，无所不蔽。但她的身心即使劳碌了一生，她的报酬却在灵魂的无上平安；她的安慰就在她的儿女孙曾，只要我们能够步到她的前例，各尽天定的责任，她在冥冥中也就永远的微笑了。

（本文作于1923年11月24日，后单篇发表于

《晨报五周年纪念增刊》，收《自剖》集）

扫一扫，
收听有声版 ♫

背影

朱自清

我与父亲不相见已二年余了，我最不能忘记的是他的背影。那年冬天，祖母死了，父亲的差使也交卸了，正是祸不单行的日子，我从北京到徐州，打算跟着父亲奔丧回家。到徐州见着父亲，看见满院狼藉的东西，又想起祖母，不禁簌簌地流下眼泪。父亲说，"事已如此，不必难过，好在天无绝人之路！"

回家变卖典质，父亲还了亏空；又借钱办了丧事。这些日子，家中光景很是惨澹，一半为了丧事，一半为了父亲赋闲。丧事完毕，父亲要到南京谋事，我也要回北京念书，我们便同行。

到南京时，有朋友约去游逛，勾留了一日；第二日上午便须渡江到浦口，下午上车北去。父亲因为事忙，本已说定不送我，叫旅馆里一个熟识的茶房陪我同去。他再三嘱咐茶房，甚是仔细。但他终于不放心，怕茶房不妥帖；颇踌躇了一会。其实我那年已二十岁，北京已来往过两三次，是没有甚么要紧的了。他踌躇了一会，终于决定还是自己送我去。我两三回劝他不必去；他只说，“不要紧，他们去不好！”

我们过了江，进了车站。我买票，他忙着照看行李。行李太多了，得向脚夫行些小费，才可过去。他便又忙着和他们讲价钱。我那时真是聪明过分，总觉他说话不大漂亮，非自己插嘴不可。但他终于讲定了价钱；就送我上车。他给我拣定了靠车门的一张椅子；我将他给我做的紫毛大衣铺好坐位。他嘱我路上小心，夜里要警醒些，不要受凉。又嘱托茶房好好照应我。我心里暗笑他的迂；他们只认得钱，托他们直是白托！而且我这样大年纪的人，难道还不能料理自己么？唉，我现在想想，那时真是太聪明了！

我说道，“爸爸，你走吧。”他望车外看了看，说，“我买几个橘子去。你就在此地，不要走动。”我看那边月台的栅栏外有几个卖东西的等着顾客。走到那边月台，须穿过铁道，须跳下去又爬上去。父亲是一个胖子，走过去自然要费事些。我本来要去的，他不肯，只好让他去。我看见他戴着黑布小帽，穿着黑布大马褂，深青布棉袍，蹒跚地走到铁道边，慢慢探身下去，尚不大难。可是他穿过铁道，要爬上那边月台，就不容易了。他用两手攀着上面，两脚再向上缩；他肥胖的身子向左微倾，显出努力的样子。这时我看见他的背影，我的泪很快地流下来了。我赶紧拭干了泪，怕他看见，也怕别人看见。我再向外看时，他已抱了朱红的橘子望回走了。过铁道时，他先将橘子散放在地上，自己慢慢爬下，再抱起橘子走。到这边时，我赶紧去搀他。他和我走到车上，将橘子一股脑儿放在我的皮大衣上。于是扑扑衣上的泥土，心里很轻松似的，过一会说，“我走了；到那边来信！”我望着他走出去。他走了几步，回过头看见我，说，“进去吧，里边没人。”等他的背影混入来来往往的人里，再找不着了，我便进来坐下，我的眼泪又来了。

近几年来，父亲和我都是东奔西走，家中光景是一日不如一日。他少年出外谋生，独力支持，做了许多大事。那知老境却如此颓唐！他触目伤怀，自然情不能自已。情郁于中，自然要发之于外；家庭琐屑便往往触他之怒。他待我渐渐不同往日。但最近两年的不见，他终于忘却我的不好，只是惦记着我，惦记着我的儿子。我北来后，他写了一信给我，信中说道，“我身体平安，惟膀子疼痛利害，举箸提笔，诸多不便，大约大去之期不远矣。”我读到此处，在晶莹的泪光中，又看见那肥胖的，青布棉袍，黑布马褂的背影。唉！我不知何时再能与他相见！

一九二五年十月在北京

（选自《朱自清全集》，江苏教育出版社1988年5月版）

崇高的母性

扫一扫，
♫ 收听有声版

黎烈文

辛辛苦苦在外国念了几年书回来，正想做点事情的时候，却忽然莫名其妙地病了，妻心里的懊恼，抑郁，真是难以言传的。

睡了将近一个月，妻自己和我都不曾想到那是有了小孩。我们完全没有料到他会来得那么迅速。

最初从医生口中听到这消息时，我可真的有点慌急了，这正像自己的阵势还没有摆好，敌人就已跑来挑战一样。可是回过头去看妻时，她正在窥伺着我的脸色，彼此的眼光一碰到，她便红着脸把头转过一边，但就在这闪电似的一瞥中，我已看到她是不单没有一点怨恨，还简直显露出喜悦。

“啊，她倒高兴有小孩呢！”我心里这样想，感觉着几分诧异。

从此，妻就安心地调养着，一句怨话也没有；还恐怕我不欢迎孩子，时常拿话安慰我：

“一个小孩是没有关系的，以后断不再生了。”

妻是向来爱洁的，这以后就洗浴得更勤；起居一切都格外谨慎，每天还规定了时间散步。一句话，她是从来不曾这样注重过自己的身体。她虽不说，但我却知道，即使一饮一食，一举一动，她都顾虑着腹内的小孩。

肚子一天天大起来，她所有的洋服都小了，从前那样爱美的她，现在却穿着一点样子也没有的宽大的中国衣裳，在霞飞路那样热闹的街道上悠然地走着，一点也不感觉着局促。

有些生过小孩的女人，劝她用带子在肚上勒一勒，免得孩子长得太大，将来难于生产，但她却固执地不肯，她宁愿冒着自己的生命的危险，也不愿妨害那没有出世的小东西的发育。

妻从小就失去了怙恃，我呢，虽然父母全在，但却远远地隔着万重山水。因此，凡是小孩生下时需用的一切，全得由两个没有经验的青年去预备。我那时正在一个外国通讯社做记者，整天忙碌着，很少功夫管到家里的事情，于是妻便请教着那些做过母亲的女人，悄悄地预备这样，预备那样。还怕裁缝做的小衣给初生的婴儿穿着不舒服，竟买了一些软和的料子，自己别出心裁地缝制起来。小帽小鞋等件，不用说都是她一手做出的。看着她那样热心地，愉快地做着这些琐事，任何人都不会相信这是一个在外国大学受过教育的女子。

医院是在分娩前四五个月就已定好了，我们恐怕私人医院不可靠，这是一个很大的公立医院。这医院的产科主任是一个和善的美国女人。因为妻能说流畅的英语，每次到医院去看时，总是由主任亲自诊察，而又诊察得那么仔细！这美国女人并且答应将来妻去生产时，由她亲自收生。

因此，每次由医院回来，妻便显得更加宽慰，更加高兴。她是一心一意在等着做母亲。有时孩子在肚内动得太厉害，我听到妻说难过，不免皱着眉说：

“怎么还没生下地就吵得这样凶！”

妻却立刻忘了自己的痛苦，带着慈母偏护劣子的神情，回答我道：

“像你罗！”

临盆的时期终于伴着严冬迫来了。我这时却因为退出了外国通讯社，接编了一个报纸的副刊，忙得格外凶。

现在我还分明地记得：十二月二十五那晚，十二点过后，我由报馆回家时，妻正在灯下焦急地等待着我。一见面她便告诉我小孩怕要出生了，因为她这天下午身上有了血迹。她自己和小孩的东西，都已收拾在一只大皮箱里。她是在等我回来商量要不要上医院。

虽是临到了那样性命交关的时候，她却镇定而又勇敢，说话依旧那么从容，脸上依旧浮着那么可爱的微笑。

一点做父亲的经验也没有的我，自然觉得把她送到医院里妥当些。于是立刻雇了汽车，陪她到了预定的医院。

可是过了一晚，妻还一点动静都没有，而我在报馆的职务是没人替代的，只好叫女仆在医院里陪伴着她，自己带着一颗惶忧不宁的心，照旧上报馆工作。临走时，妻拿着我的手说：

“真不知道会要生下一个什么样子的小孩呢！”

妻是最爱漂亮的，我知道她在担心生下一个丑孩子，引得我不喜欢。我笑着回答：

“只要你平安，随便生下一个什么样子的小孩，我都喜欢的。”

她听了这话，用了充满谢意的眼睛凝视着我，拿法国话对我说道：

——Oh! merci! tu es bien bon!（啊！谢谢你！你真好！）

在医院里足足住了两天两晚，小孩还没生，妻是简直等得不耐烦了。直到二十八日清早，我到医院时，看护妇才笑嘻嘻地迎着告诉我：小孩已经在夜里十一点钟生下了，一个男孩子，大小都平安。

我高兴极了，连忙奔到妻所住的病房一看，她正熟睡着，作伴的女仆在一旁打盹。只一夜功夫，妻的眼眶已凹进了好多，脸色也非常憔悴，一见便知道经过一番很大的挣扎。

不一会，妻便醒来了，睁开眼，看见我立在床前，便流露一个那样凄苦而又得意的微笑，仿佛在对我说：“我已经越过了死线，我已经做着母亲了！”

我含着感激的眼泪，吻着她的额发时，她就低低地问我道：

“看到了小东西没有？”

我正要跑往婴儿室去看，主任医师和她的助手——一位中国女医士，已经捧着小孩进来了。

虽然妻的身体那样弱，婴孩倒是颇大的，圆圆的脸盘，两眼的距离相当阔，样子全像妻。

据医生说，发作之后三个多钟头，小孩就下了地，并没动手术，头胎能够这样要算是顶好的。

助产的中国女士还笑着告诉我：

“真有趣！小孩刚刚出来，她自己还在痛得发晕的当儿，便急着问我们五官生得怎样！”

妻要求医生把小孩放在她被里睡一睡。她勉强侧起身子，瞧着这刚从自己身上出来的，因为怕亮在不息地闪着眼睛的小东西，她完全忘掉了晚来——不，十个月以来的一切苦楚。从那浮现在一张稍稍清瘦的脸上的甜蜜的笑容，我感到她是从来不曾那样开心过。

待到医生退出之后，妻便谈着小孩什么什么地方像我。我明白她是希望我能和她一样爱这小孩的。——她不懂得小孩愈像她，我便爱得愈切！

产后，妻的身体一天好一天。从第三天起，医生便叫看护妇每天把小孩抱来吃两回奶，说这样对于产妇和婴孩都很有利的。瞧着妻腼腆而又不熟练地，但却异常耐心地，睡在床上哺着那因为不能畅意吮吸，时而呱呱地哭叫起来的婴儿的乳，我觉得那是人类最美的图画。我和妻都非常快乐。因着这小东西的到来，我们那寂寞的小家庭，以后将充满生气。我相信只要有着这小孩，妻以后任何事情都不会想做的。以前留学时的豪情壮志，已经完全被这种伟大的母爱驱走了。

然而从第五天起，妻却忽然发热起来。产后发热原是最危险的事，但那时我和妻都一点不明白，我们是那样信赖医院和医生，我们绝料不到会出毛病的。直到发热的第六天，方才知道病人再不能留在那样庸劣的医生手里，非搬出医院另想办法不可。

从发热以来，妻便没有再喂小孩的奶，让他睡在婴儿室里吃着牛乳。婴儿室和妻所住的病房相隔不过几间房子，那里面一排排几十只摇篮睡着全院所有的婴孩。就在妻出院的前一小时，大概是上午八点钟罢，我正和女仆在清着东西，虽然热度很高，但神志仍旧非常清楚的妻，忽然带着惊恐的脸色，从枕上侧耳倾听着，随后用了没有气力的声音对我说道：

“我听到那小东西在哭呢，去看看他怎么弄的啦！”

我留神一下，果然听着遥远的孩子的啼声。跑到婴儿室一看，门微开着，里面一个看护妇也没有，所有的摇篮都是空的，就只剩下一个婴孩在狂哭着，这正是我们的孩子。因为这时恰是吃奶的时间，看护妇把所有的孩子一个一个地送到各人的母亲身边吃奶去了，而我们的孩子是吃牛乳的，看护妇要等别的孩子吃饱了，抱回来之后，才肯喂他。

看到这最早便受到人类的不平的待遇，满脸通红，没命地哭着的自己的孩子，再想到那在危笃中的母亲的锐敏的听觉，我的心是碎了的。然而有什么办法呢？我先得努力救那垂危的母亲。我只好欺骗妻说那是别人的一个生病的孩子在哭着。我狠心地把自己的孩子留在那些像虎狼一般残忍的看护妇的手中，用病院的救护车把妻搬回了家里。

虽然请了好几个名医诊治，但妻的病势是愈加沉重了。大部分时间昏睡着，稍许清楚的时候，便记挂着孩子。我自己也知道孩子留在医院里非常危险，但家里没有人照料，要接回也是不可能的，真不知要怎么办。后来幸而有一个相熟的太太，答应暂时替我们养一养。

孩子是在妻回家后第三天接出医院的，因为饿得太凶，哭得太多的缘故，已经瘦得不成样子，两眼也不灵活了，连哭的气力都没有了，只会干嘶着。并且下身和两腿生满了湿疮。

病得那样厉害的妻，把两颗深陷的眼睛睁得大大的，将抱近病床的孩子凝视了好一会，随后缓缓地说道：

“这不是我的孩子啊！……医院里把我的孩子换了啊！……我的孩子不是这副呆相啊！……”

我确信孩子并没有换掉，不过被医院里糟蹋到这样子罢了。可是无论怎样解释，妻是不肯相信的。她发热得太厉害，这时连悲哀的感觉也失掉了，只是冷冷地否认着。

因为在医院里起病的六天内，完全没有受到适当的医治，妻的病是无可救药了，所有请来的医生都摇头着，打针服药，全只是尽人事。

在四十一二度的高热下，妻什么都糊涂了，但却知道她已有一个孩子；她什么人都忘记了，但却没有忘记她的初生的爱儿。她做着呓语时，旁的什么都不说，就只喃喃地叫着：“阿团！团团！弟弟！”大概因为她自己嘴里干得难过罢，她便连想到她的孩子也许口渴了，她有声没气地，反复地说着：

“团团嘴干啦！叫娘姨喂点牛奶给他吃罢！……弟弟口渴啦，叫娘姨倒点开水给他吃罢！……”

妻是从来不曾有过叫喊“团团”“弟弟”“阿团”那样的经验的，我自己也从来不曾听到她说出这类名字，可是现在她却这样熟稔地，自然地念着这些对于小孩的亲爱的称呼，就像已经做过几十年的母亲一样。——不，世间再没有第二个母亲会把这类名称念得像她那样温柔动人的！

不可避免的瞬间终于到来了！一月十四日早上，妻在我的臂上断了呼吸。然而呼吸断了以后，她的两眼还是茫然地睁开着。直待我轻轻地吻着她的眼皮，在她的耳边说了许多安慰的话，叫她放心着，不要记挂孩子，我一定尽力把他养大，她方才瞑目逝去。

可是过了一会，我忽然发现她的眼角上每一面挂着一颗很大的晶莹的泪珠。我在殡仪馆的人到来之前，悄悄地把它们拭去了。我知道妻这两颗眼泪也是为了她的“阿团”“弟弟”流下的！

（选自1936年4月《作家》第1卷第1号）

芭蕉花

扫一扫，
♫ 收听有声版

郭沫若

这是我五六岁时的事情了。我现在想起了我的母亲，突然记起了这段故事。

我的母亲六十六年前是生在贵州省黄平州的。我的外祖父杜琢章公是当时黄平州的州官。到任不久，便遇到苗民起事，致使城池失守，外祖父手刃了四岁的四姨，在公堂上自尽了。外祖母和七岁的三姨跳进州署的池子里殉了节，所用的男工女婢也大都殉难了。我们的母亲那时才满一岁，刘奶妈把我们的母亲背着已经跳进了池子，但又逃了出来。在途中遇着过两次匪难，第一次被劫去了金银首饰，第二次被劫去了身上的衣服。忠义的刘奶妈在农人家里讨了些稻草来遮身，仍然背着母亲逃难。逃到后来遇着赴援的官军才得了解救。最初流到贵州省城，其次又流到云南省城，倚人庐下，受了种种的虐待，但是忠义的刘奶妈始终是保护着我们的母亲。直到母亲满了四岁，大舅赴黄平收尸，便道往云南，才把母亲和刘奶妈带回了四川。

母亲在幼年时分是遭受过这样不幸的人。

母亲在十五岁的时候到了我们家里来，我们现存的兄弟姊妹共有八人，听说还死了一兄三姐。那时候我们的家道寒微，一切炊洗洒扫要和妯娌分担，母亲又多子息，更受了不少的累赘。

白日里家务奔忙，到晚来背着弟弟在菜油灯下洗尿布的光景，我在小时还亲眼见过，我至今也还记得。

母亲因为这样过于劳苦的原故，身子是异常衰弱的，每年交秋的时候总要晕倒一回，在旧时称为“晕病”，但在现在想来，这怕是在产褥中，因为摄养不良的关系所生出的子宫病罢。

晕病发了的时候，母亲倒睡在床上，终日只是呻吟呕吐，饭不消说是不能吃的，有时候连茶也几乎不能进口。像这样要经过两个礼拜的光景，又才渐渐回复起来，完全是害了一场大病一样。

芭蕉花的故事是和这晕病关连着的。

在我们四川的乡下，相传这芭蕉花是治晕病的良药。母亲发了病时，我们便要四处托人去购买芭蕉花。但这芭蕉花是不容易购买的。因为芭蕉在我们四川很不容易开花，开了花时乡里人都视为祥瑞，不肯轻易摘卖。好容易买得了一朵芭蕉花了，在我们小的时候，要管两只肥鸡的价钱呢。

芭蕉花买来了，但是花瓣是没有用的，可用的只是瓣里的蕉子。蕉子在已经形成了果实的时候也是没有用的，中用的只是蕉子几乎还是雌蕊的阶段。一朵花上实在是采不出许多的这样的蕉子来。

这样的蕉子是一点也不好吃的，我们吃过香蕉的人，如以为吃那蕉子怕会和吃香蕉一样，那是大错而特错了。有一回母亲吃蕉子的时候，在床边上挟了一箸给我，简直是涩得不能入口。

芭蕉花的故事便是和我母亲的晕病关连着的。

我们四川人大约是外省人居多，在张献忠剿了四川以后——四川人有句话说："张献忠剿四川，杀得鸡犬不留"——在清初时期好像有过一个很大的移民运动。外省籍的四川人各有各的会馆，便是极小的乡镇也都是有的。

我们的祖宗原是福建的人，在汀州府的宁化县，听说还有我们的同族住在那里。我们的祖宗正是在清初时分入了四川的，卜居在峨眉山下一个小小的村里。我们福建人的会馆是天后宫，供的是一位女神叫做"天后圣母"。这天后宫在我们村里也有一座。

那是我五六岁时候的事了。我们的母亲又发了晕病。我同我的二哥，他比我要大四岁，同到天后宫去。那天后宫离我们家里不过半里路光景，里面有一座散馆，是福建人子弟读书的地方。我们去的时候散馆已经放了假，大概是中秋前后了。我们隔着窗看见散馆园内的一簇芭蕉，其中有一株刚好开着一朵大黄花，就像尖瓣的莲花一样。我们是欢喜极了。那时候我们家里正在找芭蕉花，但在四处都找不出。我们商量着便翻过窗去摘取那朵芭蕉花。窗子也不过三四尺高的光景，但我那时还不能翻过，是我二哥擎我过去的。我们两人好容易把花苞摘了下来，二哥怕人看见，把来藏在衣袂下同路回去。回到家里了，二哥叫我把花苞拿去献给母亲。我捧着跑到母亲的床前，母亲问我是从甚么地方拿来的，我便直说是在天后宫掏来的。我母亲听了便大大地生气，她立地叫我们跪在床前，只是连连叹气地说："啊，娘生下了你们这样不争气的孩子，为娘的倒不如病死的好了！"我们都哭了，但我也不知为甚么事情要哭。不一会父亲晓得了，他又把我们拉去跪在大堂上的祖宗面前打了我们一阵。我挨掌心是这一回才开始的，我至今也还记得。

我们一面挨打，一面伤心。但我不知道为甚么该讨我父亲、母亲的气。母亲病了要吃芭蕉花，在别处园子里掏了一朵回来，为甚么就犯了这样大的过错呢？

芭蕉花没有用，抱去奉还了天后圣母，大约是在圣母的神座前干掉了罢？

这样的一段故事，我现在一想到母亲，无端地便涌上了心来。我现在离家已十二三年，值此新秋，又是风雨飘摇的深夜，天涯羁客不胜落寞的情怀，思念着母亲，我一阵阵鼻酸眼胀。

啊，母亲，我慈爱的母亲哟！你儿子已经到了中年，在海外已自娶妻生子了。幼年时摘取芭蕉花的故事，为甚么使我父亲、母亲那样的伤心，我现在是早已知道了。但是，我正因为知道了，竟失掉了我摘取芭蕉花的自信和勇气。这难道是进步吗？

（选自《沫若文集》7卷，人民文学出版社1958年版）

怎样做母亲

扫一扫，
♫ 收听有声版

聂绀弩

只看见怎样做父亲的文章，却没有人写怎样做母亲，好像母亲本来天生会做，毫无问题似的。其然，岂其然乎？盖男性以其事不干己，新女性又恐怕早薄良母而不为，女孩子之流，则尤病其羞人答答，于是谈者稀耳。

然而问题是存在的。

我的母亲于不知什么时候死去了。说几句与题无涉的话，她的死，是与抗战有关的。故乡沦陷，老人们天天要爬山越谷，躲避日本鬼子，衣食住一切问题都无法解决；六七十岁，向来就叫做风烛残年，烛本将尽，风又太猛，飘飖了几下，终于灭了。

我听见了这消息，奇怪不，没有哭，并且没有想哭，简直像听隔壁三家的事情似的。这很不对，但我本来就不是孝子。其实这淡漠，早在母亲的意料之中，她曾对我说："将来你长大了，一定什么好处都不记得，只记得打你的事情。"知子莫若母，诚哉！

十年前，我已二十多岁，正在南京做官。人做了官，就要坐办公厅，开会，赴宴会的。有一回在一个很俨乎其然的会议上，偷看一本小孩子看的书，记得是中华书局出版，黎锦晖之流所著，书名仿佛是《十姊妹》什么的。那会议也是与抗战有关的，一位先生站起来演说了半天，说得十分激昂，末了说，我们的国运实在是很怎么的，座中已经有人在流泪了。他指的是我，全场的人也都向我回过脸儿来，吓得我连忙收起了《十姊妹》，原来我看书看得不觉流出泪来了。

《十姊妹》之类，并不算好的儿童读物，也决不能感动那时候的我。但是文字写得很有趣，很有些孩子话，使我想到，这书，本是应该在小时候看的，而我小时候没有看见。于是又想到我的小时候，那是如何的一截黑暗的生活哟！大概就这样想着想着，不觉竟流泪了。

其实所谓"黑暗"，也没有别的，不过常常挨打而已。打手常常是我的母亲——说常常者，是说打我的人除了母亲之外，还有父亲和我的亲爱的老师们也。

中国许多妇女的日常生活，简直单纯得像沙漠上的景物，一生一世，永久只有那样几件事做来做去。有几位朋友的太太，几乎天天打牌，几乎像是为打牌而生。然而也难怪，不打牌也没有别的事可作，她们也似乎作不出比打牌更好的事。我本来觉得她们太无出息，这样一想，却反而同情她们了。

我的母亲也是打牌党之一。她一拿起牌，就不能再惹她；一惹，她就头也不回，反手一耳光。输了钱，自然正好出气；奇怪的是，就是赢了也是这样。据说，一吵，就会输下去的。不幸的是，她几乎天天打牌。然而打牌也有打牌的好处，就是打牌时，她没有工夫管我。凡事，只要她来一管，我就不免有些糟糕的。父亲先是常常不在家，后来是死掉了，别人隔得远，屋里除了她和我，就只有丫头老妈之流，没有说话的资格，也根本说不出什么话。这场合，无论她要把我怎样，你想，我有什么办法呢？

有一次我大概还只有六七岁，一天中午，正独自在厅屋里玩——我小时候常常独自玩的，忽然听见母亲在堂屋里喊我。我虽然小，但一听母亲的声音，就会知道她的喜怒，我觉得这回的声音是含着无限的抚爱的，好像急迫地需要抱我，亲我，吻我的样子。我从来未受过抚爱，从来未听过这样抚爱的声音，至少我的记忆如此。孔子曰：“唯女子与小人为难养也，近之则不逊，远之则怨。”我大概是天生的小人，小人得宠，就难免骄矜，难免不逊，正所谓得意忘形的。当时不知怎么一想，竟和母亲躲起迷藏来了。我躲在厢房的门角落里，任母亲怎么喊也不答应。母亲接着喊，甚至连乖乖宝贝都喊出来了。声音是那样柔软，那样温和，仿佛现在还在我的耳边，是我在童年所听到的唯一的抚爱的声音。越是这样，我就以为她要跟我玩儿，我也越要逗她玩儿，越是躲着不做声。声音渐渐近了，从堂屋喊到厅屋，打厢房门口过的时候，还把头伸进去探索了一回，可是没有看见我在里头，我和她只隔一层薄木板呀。我竭力地忍住笑，不做声，她就喊着喊着，到大门口去了。母亲今天跟我玩儿，我高兴极了；母亲走在我身边，却没有找着，多么有趣呀，我高兴极了。我实在掩藏不住我的欢喜，实在忍不住笑，就哈哈大笑地从门角里跳出来，在母亲的背后很远的地方喊：

“我在这里呀，哈哈，我在这里呀！”

一面喊，一面还笑着跳着。可是，她扭转身来，一看见她的脸，我就知道糟了，她的脸，完全被杀气，不，应该说是“打气”所充满着。然而想再躲在门角落里不做声，已经不可能了！

她一转来，就扯住我的耳朵，几乎把我提着似地扯到堂屋里，要我跪着，她自己则拿着鸡毛帚。

“赶快说，你把钱偷到哪里去了！”

原来她房里桌上有一个，至多也不过两个铜板不见了。我本没有偷，只有说没有偷。可是她不信，最大的理由是，没有偷，为什么躲起来呢？要是现在，我一定可以分辩清楚；但那时候，自己也不能理解为什么要躲起来，尤其说不出为什么要躲起来。我是在城里长大的孩子，十多岁的时候，常常到衙门里去看审案。我觉得坐在堂上的青天大老爷总是口若悬河，能说会道；跪在下面口称“小的小的”的家伙却很少理直气壮的时候。并非真没有理由，不过不会说，说不出。有时候，恨不得跑出去替他说一番。我同情这样的人，因为自己就饱有跪在母亲面前，目瞪口呆的经验。把话说回转去，我既无法分辩，就只有耸起脑袋，脊梁和屁股挨打。母亲也真是一个青天大老爷，她从来不含糊地打一顿了事，一定要打得“水落石出”。偷钱该打，不算；撒谎该打，也不算；一直打得我承认是我偷了，并且说是买什么东西吃了，头穿底落，这才罢休，不用说，这都是完全的谎话。

记得很清楚，从那次起，我知道了两件事：一、钱是可以偷的，二、人是可以撒谎的。

在孩子们的记忆中，过年常常是印象最深刻的。过年，穿新衣服，吃好东西，提灯笼，放炮仗，拜年，得压岁钱等等，和平常的生活是那样不同，那样合胃口，人要一年到头都过年才好玩咧。差不多一进十月，就搬起指头算，还有八十天，还有六十五天，还有二十四天……这样地盼望年的到来。

过年，只有一样事情不好，就是有许多禁忌。死不能说，鬼不能说，穷，病，背时，倒霉，和尚，道士，棺材，打官司，坐牢，杀，砍，……也不能说，尤其是在“敬灶”，“出天方”的时候。已经在神柜上贴着“百无禁忌”，“童言无忌”了，岂不好像可以随便了么？可是还是不能说。不能说，自然更不能做出任何类似，象征那些字样所表示的意义的事情，乃至多少有些损失，灾害的事情，比如，打破碗，扯破衣服，跌破头等等。而一个总的禁忌，就是惹大人生气，撩大人的打骂。据说，腊月三十或者正月初一，如果撩大人打了，那就一年到头都会挨打的，虽然那两天吃了好东西，并不一年到头都有好东西吃。

十岁或者十一岁的一个除夕，已经过了半夜去了。母亲烧好了年饭，预备好了团年酒，躺在床上烧鸦片烟给父亲吸。我呢，自然无事忙，一时跑到街上，看看通街的红灯笼，红春联，热心地欣赏那些“生意兴隆通四海”之类的词句；有时候又跑进屋里和小丫头讲讲故事，看各个房里的灯火是不是燃着，平常，没有人住的房里是不点灯的，甚至于还敢于挨近母亲正和父亲横躺着的床边，听他们谈谈下一年的生活打算之类。父亲是个读书人，他的那时代，大概是读书人倒霉的时代，至少他自己就倒霉了一生：满清时候没有考到秀才，祖上传下的一点产业，坐吃山空，只剩下一幢房子了——这房子一直留到抗战后才被日本强盗炸光；很早就吸上一付烟瘾，不能远走高飞；在地方上做过几回事，也都因为吸烟被人家告发而被撤职了。这时候，已经一连好几年没有职业，家景实在一天不如一天。母亲平常就常常和他吵架的。在无可奈何的时候，就盼望着奇迹，盼望神灵或祖先的保佑，而把希望寄托在未来的日子里。比如说，无灾无病地戒掉烟瘾，外面忽然有人请他出去做官，地方上的事忽然非他出来不行等等。这希望既然等于奇迹，要倚仗着不可知的力量，而又在未来的日子里，所以父亲虽然是个读书人，其迷信的程度，也就和略识之无的母亲差不多，尤其是在过年的时候。

“××!”母亲叫我，“你去到各个房里上上油，添点灯草，把灯都点得亮亮地，菩萨保佑明年一年顺顺遂遂。要小心，不要把油泼了。”

我一手拿着清油壶，一手握着一把灯草，到每一间房里小心翼翼地做好了所做的事，回来把油壶放在原来的地方，放好了，走了几步还回头去看了一回。

“油都上了吧？”母亲问。

“上了！”

“没有做坏么？”

“没有！”

“还好”，父亲在旁边说，“听声音蛮透彻的。”

但是到了天快亮了，父亲的瘾过足了，起来准备“敬神”的时候，母亲到放油壶的地方一看，油壶却躺在油滩里！什么原故呢，我到现在还不明白，大概不是小丫头故意害我，就是老鼠先生和我过不去。母亲是最讲禁忌的，父亲又希望这一夜有个好的兆头，泼油本来又代表输钱，亏本，损财这些意义的。这样一来，以下的不必说，总之，正在别人家“出天方”，满街的炮仗乱响的时候，母亲为首，父亲帮忙，把我揿在椅子上，打得像杀猪样地叫。我的腿被打跛了，以致第二天还不能到亲戚人家里去拜年。

又是过年，可是不是除夕，大概是初三或者初五。我们过年是过半个月的。

伯父的灵屋子供在堂屋里，他死了一年多，夜晚，父亲不知从谁家里吃了春酒回来，感觉得身上不舒服。父亲常常身上不舒服的。母亲说：

“××，你在你伯伯灵前烧烧香，磕几个头，叫伯伯保佑爹清吉平安。”

“我不！”我说。

“为什么不呢？”母亲和父亲都很诧异。

我已经十一二岁了，高小一年级已读过，年过完，就要进二年级。那时的高小，学生都很大，我在班上算是最小的，因之，某方面的程度，也比后来同级的学生要高。我在学校里是高材生，这时候，已经知道人死了还有魂魄什么的，不过是句谎话。因之，伯父的灵位也者，其实，不过是一张纸上写的几个字，决不会有什么力量，能够保佑父亲的病好。就算伯父真有魂魄什么的吧，那魂魄也不过和他活着的时候一样；他活着的时候，既然不见有什么了不得，为什么一死，就神通广大，能够作威作福了呢？父亲的病，明明是体质和保养的问题，决不是鬼神所能为力；如果死生有命，疾病在天，伯父纵然有灵，也未必能逆命回天；如果能逆命回天，伯父既然是爱父亲的，那就不必烧香磕头，也会保佑父亲好。我还记得清清楚楚，那时候的确是这样想的。

但是等“为什么不呢？”问到头上的时候，我却无话可答。我还没有把心里想的东西源源本本，有头有绪地说出来的能力。理由，向来只写在文章上，口头上没有说过一回，在母亲的积威之下，也没有申述理由的习惯，虽然我相信，假如我能够说出来，甚至于母亲都会饶恕我的。我说不出，说出的简直不成其为理由。我急了，爽性低着头，撅着嘴，样子大概很难看的。

“说呀”，父亲说：“不说，就照妈说的做。”

我还是没有说。心里非常想说，却被不知什么东西堵住了口。我仍旧低着头，撅着嘴，动也没有动。

“你看你多没有良心！”母亲厉声地说：“烧香磕头，是你伯伯受了，被保佑病好的是你的爹，事情又这样容易，你都不做，是什么意思呢？还不赶快烧香，还要我动手请你么？”

我听了这话，为了受到威胁与冤屈，又明知一顿皮肉的痛楚马上会来，简直不觉掉下泪来了。我小时候性情很倔强，宁可挨一顿打，不愿意做声明了不做的事。结果不问可知，母亲手上折断了一根鸡毛帚，我的背和屁股上添了许多青的紫的伤痕。父亲没有说话，也没有帮忙。要帮忙则因为身体不济，要劝阻却又恼怒我没有良心。

母亲打我的时候，从来不哑打。一面打，一面一定骂：“砍头的！”“杀脑壳的！”“充军的！”“短阳寿的！”母亲虽不能说是大家闺秀，却也不出身于什么低微的人家，不知为什么知道那么多的骂人的话。

其次，母亲打我的时候，从来不许我的脚手动一下。她有一句术语，叫做：“动哪里打哪里。”儿子也很难喂的像绵羊，动一下，跳一下，一面固然是心里受了许多冤屈，无可伸诉，一面也只是一种简单的生理的反应，但这却多费了母亲的许多力，也使父母的遗体多吃了许多苦。

母亲在我做了官的时候还称功说：“不打不成人，打了成官人，要不是我从前打你，你怎会有今天？”为了证明她的话之不正确，我有时真想自暴自弃一点才好。

有一出戏叫做“甘露寺”，是刘备在东吴被相亲的故事。某年，我也演过甘露寺里的刘备那种角色，结果不大佳，据相亲者观察我是没有受过家庭教育的。大概因为我不善周旋应对，对人傲慢少礼等等。我也实在没有受过什么家庭教育，也不知道中国有没有家庭教育，至于身受的，简单得很，就是母亲的一根鸡毛帚。我从小就很孤僻，不爱和人来往，在热闹场中过不惯。这是鸡毛帚教育的结果。我小时候总以为别人都是有母亲疼爱的孩子，他们不了解我的苦楚：我也不愿意钻进他们幸福者群的圈子里去。纵然有时钻进，快乐了一阵之后，接着是母亲的充满了“打气”的脸和她手中的鸡毛帚那实物，马上就想到我和别人是如此的不同。“欢喜欢喜，讨根棍子搬起”，这是一句俗话，意思是快乐之后会挨打，也就是乐极生悲。一回乐极生悲，两回乐极生悲，久而久之，就像乐与悲有着必然的因果关系，为了避免悲，就看见乐也怕了。孩子们有一件很奇怪的事，一块儿玩来玩去，不知怎么一来，就会起冲突。在这样场合，别人有一个最好的制服我的法子：“告诉你的妈妈去！”我几乎现在听见了这句话还怕，在消化不良的夜晚，有时还做这样的怪梦，不用提在当时给我心灵上的打击。

鸡毛帚教育的另一结果，是我无论对于什么人都缺乏热情，也缺乏对于热情的感受力。早年，我对人生抱着强烈的悲观，感得人与人之间，总是冷酷的，连母亲对于儿子也只有一根鸡毛帚，何况别人。许多朋友，起初都对我很好，大概因为我没有同等的友谊回答，终于疏远了。许多朋友，在一块儿的时候，未尝不如兄如弟，甚至超过兄弟的感情，但分手之后，就几乎把他们忘掉了。不但对于朋友，对于事业也是这样。对人生既抱悲观，对事业就当然也缺乏坚信与毅力，也就是缺乏一种热情。我不知道小时的遭遇为什么给人的影响这么大，许多年来，曾作过种种的努力，想把我的缺点改过来；无如"少成若天性"，一直到现在，还是不能完全消除。

此外，鸡毛帚教育的结果，是我的怯懦，畏缩，自我否定。从小我就觉得人生天地之间，不过是一个罪犯，随时都会有惩戒落在头上。中国的社会也真怪，书本上虽然有许多齐家治国平天下的大道理，说得天花乱坠；但实际上，家是靠母亲的鸡毛帚齐的，学校是靠老师的板子办的。"国"或"天下"的治平，恐怕也靠着扩而充之的鸡毛帚和板子。人生在这样的社会里头，就会一天到晚，"如临深渊，如履薄冰"；坏事或者真不敢做，好事也不免不敢擅动。这不敢做，怕鸡毛帚；那不敢动，怕板子；终会有一天会自己问自己："我究竟能做什么呢？"孔子曰："四十五十而无闻焉，斯亦不足畏也已。"我已经快四十岁了，东不成，西不就，实在"不足畏也已"。曾经有过许多事业的机会，都由于我的孤僻，无助，怯懦而失掉了。自己无出息不在话下，不也有许多是母亲的鸡毛帚的功劳么？

喜欢打孩子的，决不仅我的母亲一个。我之所以想起写这篇文章，也就是因为隔壁有一个常常打孩子的母亲。在街上走的时候，类似母亲的人物，拿起一根鸡毛帚什么的，打着正在鬼哭神嚎的孩子的事也常碰到。我有一个牢不可拔的偏见：无论为了什么，打孩子，总是不应该的，而错误总是在大人一边。

我不是教育家，也不是心理学家，不知道所谓家庭教育，究竟应该是些什么；我只相信，无论是什么，却决不能是打。家庭教育给人的身心的影响究有多么大，我也不知道；但我相信：打给与孩子的影响，决不会是好的。

既称家庭教育，当然也包括父亲对儿女的施教。但带孩子，管孩子，常常和孩子在一块儿的却是母亲。俗话说："父严母慈"，我的经验却是相反的。父亲不大打太小的儿女：比较理智，能够一片一片的大道理说，许多场合都君子似地动口不动手，儿女有理由，也比较容易说清。就今天的一般情形而论，父亲的知识水准往往高些，活动范围广些，眼光远大些，不大专注儿女的一些小事情，许多父亲又坐在家里的时候少。所以我以为父严倒不要紧，母严才是一件最倒霉的事。男主外，女主内，是老例，母亲的权威，在家庭里，有时比父亲的还大，而且更无微不至。

也许有人说，母亲应该管教孩子。天下往往有溺爱不明的母亲，对于孩子百般骄纵，使得孩子从小就无所不为。那样的母亲是值得反对的。不错。不过这里应该注意的是，这种母亲之应反对，是在她对于儿女没有教，却不在于没有打。

“扑作教刑”，老例是以打为教，寓教于打，打教合一的。其实两者却势不两立。打是一件最方便最容易的事情，只须用手就行；教则要方法，必需麻烦更尊贵的东西：脑；而有些人的脑又是根本不合用的。人都有一种惰性，喜欢避重就轻，避难就易；既然用手可以解决，何必惊动脑呢？脑是个用则灵，不用则钝的东西，不用过久，就会变成猪油，纵然本有教的方法也会消失，更不要希望它会产生新方法来。何况人都喜欢任性，打是件任性的事，习惯又会变成自然，打成习惯了，想改掉也很难。“扑作教刑”，结果就一定只有打而没有教了。

倘肯首先停止打，就算一时没有教的方法，只要肯用脑，总会想出，学会的。

然而中国受专制思想的影响太久，有些人往往对强暴者是驯羊，对柔弱者却是暴君。俗话说：“十年媳妇十年磨，再过十年做婆婆！”意思是做媳妇时，无论受怎样的磨折，都应一声不响，终有一天，会“一朝权在手，便把令来行”的。至于对柔弱者的同情，似乎向来就不发达。中国的妇女受的压迫太厉害，生活太枯燥，活动范围太狭窄，知识水准太低。这都会使人变成度量窄小，急于找寻发泄郁闷的对象的。而这对象，在家庭里，除了锅盘碗盏，鸡犬牛羊之外，也实在只有孩子们了。

像这样说来，怎样做母亲，倒是个大问题；叫母亲不打孩子，不但不是探本之论，或者反而有些不近人情。好在我的文章，不会被每个母亲都看见。中国现在多数的母亲，恐怕也没有看文章的能力，习惯，乃至自由，反正不会有大影响。我的本意也不过在向有志于做母亲者以及有志于劝人做母亲者说说，使一两个小朋友或可因此而少挨一两次打而已。

怎样做母亲呢？让别人去讲大道理吧，我却只有两个字：不打。

一九四〇，十二，六，桂林

（选自《聂绀弩杂文集》，三联书店1981年版）

我的母亲

扫一扫，
♫ 收听有声版

老 舍

母亲的娘家是北平德胜门外，土城儿外边，通大钟寺的大路上的一个小村里。村里一共有四五家人家，都姓马。大家都种点不十分肥美的地，但是与我同辈的兄弟们，也有当兵的，作木匠的，作泥水匠的，和当巡察的。他们虽然是农家，却养不起牛马，人手不够的时候，妇女便也须下地作活。

对于姥姥家，我只知道上述的一点。外公外婆是什么样子，我就不知道了，因为他们早已去世。至于更远的族系与家史，就更不晓得了；穷人只能顾眼前的衣食，没有功夫谈论什么过去的光荣；“家谱”这字眼，我在幼年就根本没有听说过。

母亲生在农家，所以勤俭诚实，身体也好。这一点事实却极重要，因为假若我没有这样的一位母亲，我以为我恐怕也就要大大的打个折扣了。

母亲出嫁大概是很早，因为我的大姐现在已是六十多岁的老太婆，而我的大外甥女还长我一岁啊。我有三个哥哥，四个姐姐，但能长大成人的，只有大姐，二姐，三姐，三哥与我。我是“老”儿子。生我的时候，母亲已有四十一岁，大姐二姐已都出了阁。

由大姐与二姐所嫁入的家庭来推断，在我生下之前，我的家里，大概还马马虎虎的过得去。那时候定婚讲究门当户对，而大姐丈是作小官的，二姐丈也开过一间酒馆，他们都是相当体面的人。

可是，我，我给家庭带来了不幸：我生下来，母亲晕过去半夜，才睁眼看见她的老儿子——感谢大姐，把我揣在怀中，致未冻死。

一岁半，我把父亲“克”死了。

兄不到十岁，三姐十二、三岁，我才一岁半，全仗母亲独力抚养了。父亲的寡姐跟我们一块儿住，她吸鸦片，她喜摸纸牌，她的脾气极坏。为我们的衣食，母亲要给人家洗衣服，缝补或裁缝衣裳。在我的记忆中，她的手终年是鲜红微肿的。白天，她洗衣服，洗一两大绿瓦盆。她作事永远丝毫也不敷衍，就是屠户们送来的黑如铁的布袜，她也给洗得雪白。晚间，她与三姐抱着一盏油灯，还要缝补衣服，一直到半夜。她终年没有休息，可是在忙碌中她还把院子屋中收拾得清清爽爽。桌椅都是旧的，柜门的铜活久已残缺不全，可是她的手老使破桌面上没有尘土，残破的铜活发着光。院中，父亲遗留下的几盆石榴与夹竹桃，永远会得到应有的浇灌与爱护，年年夏天开许多花。

哥哥似乎没有同我玩耍过。有时候，他去读书；有时候，他去学徒；有时候，他也去卖花生或樱桃之类的小东西。母亲含着泪把他送走，不到两天，又含着泪接他回来。我不明白这都是什么事，而只觉得与他很生疏。与母亲相依为命的是我与三姐。因此，他们作事，我老在后面跟着。他们浇花，我也张罗着取水；她们扫地，我就撮土……从这里，我学得了爱花，爱清洁，守秩序。这些习惯至今还被我保存着。

有客人来，无论手中怎么窘，母亲也要设法弄一点东西去款待。舅父与表哥们往往是自己掏钱买酒肉食，这使她脸上羞得飞红，可是殷勤的给他们温酒作面，又给她一些喜悦。遇上亲友家中有喜丧事，母亲必把大褂洗得干干净净，亲自去贺吊——份礼也许只是两吊小钱。到如今如我的好客的习性，还未全改，尽管生活是这么清苦，因为自幼儿看惯了的事情是不易改掉的。

姑母常闹脾气。她单在鸡蛋里找骨头。她是我家中的阎王。直到我入了中学，她才死去，我可是没有看见母亲反抗过。“没受过婆婆的气，还不受大姑子的吗？命当如此！”母亲在非解释一下不足以平服别人的时候，才这样说。是的，命当如此。母亲活到老，穷到老，辛苦到老，全是命当如此。她最会吃亏。给亲友邻居帮忙，她总跑在前面：她会给婴儿洗三——穷朋友们可以因此少花一笔“请姥姥”钱——她会刮痧，她会给孩子们剃头，她会给少妇们绞脸……凡是她能作的，都有求必应。

但是吵嘴打架，永远没有她。她宁吃亏，不逗气。当姑母死去的时候，母亲似乎把一世的委屈都哭了出来，一直哭到坟地。不知道哪里来的一位侄子，声称有承继权，母亲便一声不响，教他搬走那些破桌子烂板凳，而且把姑母养的一只肥母鸡也送给他。

可是，母亲并不软弱。父亲死在庚子闹“拳”的那一年。联军入城，挨家搜索财物鸡鸭，我们被搜两次。母亲拉着哥哥与三姐坐在墙根，等着“鬼子”进门，街门是开着的。“鬼子”进门，一刺刀先把老黄狗刺死，而后入室搜索。他们走后，母亲把破衣箱搬起，才发现了我。假若箱子不空，我早就被压死了。皇上跑了，丈夫死了，鬼子来了，满城是血光火焰，可是母亲不怕，她要在刺刀下，饥荒中，保护着儿女。北平有多少变乱啊，有时候兵变了，街市整条的烧起，火团落在我们院中。有时候内战了，城门紧闭，铺店关门，昼夜响着枪炮。这惊恐，这紧张，再加上一家饮食的筹划，儿女安全的顾虑，岂是一个软弱的老寡妇所能受得起的？可是，在这种时候，母亲的心横起来，她不慌不哭，要从无办法中想出办法来。她的泪会往心中落！这点软而硬的个性，也传给了我。我对一切人与事，都取和平的态度，把吃亏看作当然的。但是，在作人上，我有一定的宗旨与基本的法则，什么事都可将就，而不能超过自己划好的界限。我怕见生人，怕办杂事，怕出头露面；但是到了非我去不可的时候，我便不得不去，正像我的母亲。从私塾到小学，到中学，我经历过起码有廿位教师吧，其中有给我很大影响的，也有毫无影响的，但是我的真正的教师，把性格传给我的，是我的母亲。母亲并不识字，她给我的是生命的教育。

当我在小学毕了业的时候，亲友一致的愿意我去学手艺，好帮助母亲。我晓得我应当去找饭吃，以减轻母亲的勤劳困苦。可是，我也愿意升学。我偷偷的考入了师范学校——制服，饭食，书籍，宿处，都由学校供给。只有这样，我才敢对母亲提升学的话。入学，要交十元的保证金。这是一笔巨款！母亲作了半个月的难，把这巨款筹到，而后含泪把我送出门去。她不辞劳苦，只要儿子有出息。当我由师范毕业，而被派为小学校校长，母亲与我都一夜不曾合眼。我只说了句："以后，您可以歇一歇了！"她的回答只有一串串的眼泪。我入学之后，三姐结了婚。母亲对儿女是都一样疼爱的，但是假若她也有点偏爱的话，她应当偏爱三姐，因为自父亲死后，家中一切的事情都是母亲和三姐共同撑持的。三姐是母亲的右手。但是母亲知道这右手必须割去，她不能为自己的便利而耽误了女儿的青春。当花轿来到我们的破门外的时候，母亲的手就和冰一样的凉，脸上没有血色——那是阴历四月，天气很暖。大家都怕她晕过去。可是，她挣扎着，咬着嘴唇，手扶着门框，看花轿徐徐的走去。不久，姑母死了。三姐已出嫁，哥哥不在家，我又住学校，家中只剩母亲自己。她还须自晓至晚的操作，可是终日没人和她说一句话。新年到了，正赶上政府倡用阳历，不许过旧年。除夕，我请了两小时的假。由拥挤不堪的街市回到清炉冷灶的家中。母亲笑了。及至听说我还须回校，她愣住了。半天，她才叹出一口气来。到我该走的时候，她递给我一些花生，"去吧，小子！”街上是那么热闹，我却什么也没看见，泪遮迷了我的眼。今天，泪又遮住了我的眼，又想起当日孤独的过那凄惨的除夕的慈母。可是慈母不会再候盼着我了，她已入了土！

儿女的生命是不依顺着父母所设下的轨道一直前进的，所以老人总免不了伤心。我廿三岁，母亲要我结了婚，我不要。我请来三姐给我说情，老母含泪点了头。我爱母亲，但是我给了她最大的打击。时代使我成为逆子。廿七岁，我上了英国。为了自己，我给六十多岁的老母以第二次打击。在她七十大寿的那一天，我还远在异域。那天，据姐姐们后来告诉我，老太太只喝了两口酒，很早的便睡下。她想念她的幼子，而不便说出来。

七七抗战后，我由济南逃出来。北平又像庚子那年似的被鬼子占据了，可是母亲日夜惦念的幼子却跑西南来。母亲怎样想念我，我可以想象得到，可是我不能回去。每逢接到家信，我总不敢马上拆看，我怕，怕，怕，怕有那不祥的消息。人，即使活到八九十岁，有母亲便可以多少还有点孩子气。失了慈母便像花插在瓶子里，虽然还有色有香，却失去了根。有母亲的人，心里是安定的。我怕，怕，怕家信中带来不好的消息，告诉我已是失了根的花草。

去年一年，我在家信中找不到关于老母的起居情况。我疑虑，害怕。我想象得到，没有不幸，家中念我流亡孤苦，或不忍相告。母亲的生日是在九月，我在八月半写去祝寿的信，算计着会在寿日之前到达。信中嘱咐千万把寿日的详情写来，使我不再疑虑。十二月二十六日，由文化劳军的大会上回来，我接到家信。我不敢拆读。就寝前，我拆开信，母亲已去世一年了！

生命是母亲给我的。我之能长大成人，是母亲的血汗灌养的。我之能成为一个不十分坏的人，是母亲感化的。我的性格，习惯，是母亲传给的。她一世未曾享过一天福，临死还吃的是粗粮。唉！还说什么呢？心痛！心痛！

（原载《半月文萃》1943年4月第1卷9、10合刊）

扫一扫，
收听有声版♫

母亲的记忆

孙犁

母亲生了七个孩子，只养活了我一个。一年，农村闹瘟疫，一个月里，她死了三个孩子。爷爷对母亲说：

“心里想不开，人就会疯了。你出去和人们斗斗纸牌吧！”

后来，母亲就养成了春冬两闲和妇女们斗牌的习惯；并且常对家里人说：

“这是你爷爷吩咐下来的，你们不要管我。”

麦秋两季，母亲为地里的庄稼，像疯了似的劳动。她每天一听见鸡叫就到地里去，帮着收割、打场。每天很晚才回到家里来。她的身上都是土，头发上是柴草。蓝布衣裤汗湿得泛起一层白碱，她总是撩起褂子的大襟，抹去脸上的汗水。她的口号是："争秋夺麦！""养兵千日，用兵一时！"一家人谁也别想偷懒。

我生下来，就没有奶吃。母亲把馍馍晾干了，再粉碎煮成糊喂我。我多病，每逢病了，夜间，母亲总是放一碗清水在窗台上，祷告过往的神灵。母亲对人说："我这个孩子，是不会孝顺的，因为他是我烧香还愿，从庙里求来的。"

家境小康以后，母亲对于村中的孤苦饥寒，尽力周济，对于过往的人，凡有求于她，无不热心相帮。有两个远村的尼姑，每年麦秋收成后，总到我们家化缘。母亲除给她们很多粮食外，还常留她们食宿。我记得有一个年轻的尼姑，长得眉清目秀。冬天住在我家，她怀揣一个蝈蝈葫芦，夜里叫得很好听，我很想要。第二天清早，母亲告诉她，小尼姑就把蝈蝈送给我了。

抗日战争时，村庄附近，敌人安上了炮楼。一年春天，我从远处回来，不敢到家里去，绕到村边的场院小屋里。母亲听说了，高兴得不知给孩子什么好。家里有一棵月季。父亲养了一春天，刚开了一朵大花，她折下就给我送去了。父亲很心痛，母亲笑着说："我说为什么这朵花，早也不开，晚也不开，今天忽然开了呢，因为我的儿子回来，它要先给我报个信儿！"

一九五六年，我在天津，得了大病，要到外地去疗养。那时母亲已经八十多岁，当我走出屋来，她站在廊子里，对我说：

“别人病了往家里走，你怎么病了往外走呢！”

这是我同母亲的永诀。我在外养病期间，母亲去世了，享年八十四岁。

一九八二年十二月

（选自《远道集》，百花文艺出版社1984年版）

若子的病

扫一扫，
♫ 收听有声版

周作人

《北京孔德学校旬刊》第二期于四月十二日出版，载有两篇儿童作品，其中之一是我的小女儿写的。

《晚上的月亮》

周若子

晚上的月亮，很大又很明。我的两个弟弟说："我们把月亮请下来，叫月亮抱我们到天上去玩。月亮给我们东西，我们很高兴。我们拿到家里给母亲吃，母亲也一定高兴。"

但是这张旬刊从邮局寄到的时候，若子已正在垂死状态了。她的母亲望着摊在席上的报纸又看昏沉的病人，再也没有什么话可说，只叫我好好地收藏起来，——做一个将来决不再寓目的纪念品。我读了这篇小文，不禁忽然想起六岁时死亡的四弟椿寿，他于得急性肺炎的前两三天，也是固执地向着佣妇追问天上的情形，我自己知道这都是迷信，却不能禁止我脊梁上不发生冰冷的奇感。

十一日的夜中，她就发起热来，继之以大吐，恰巧小儿用的摄氏体温表给小波波（我的兄弟的小孩）摔破了，土步君正出着第二次种的牛痘，把华氏的一具拿去应用，我们房里没有体温表了，所以不能测量热度，到了黎明从间壁房中拿表来一量，乃是四十度三分！八时左右起了痉挛，妻抱住了她，只喊说，“阿玉惊了，阿玉惊了！”弟妇（即是妻的三妹）走到外边叫内弟起来，说“阿玉死了！”他惊起不觉坠落床下。这时候医生已到来了，诊察的结果说疑是“流行性脑脊髓膜炎”，虽然征候还未全具，总之是脑的故障，危险很大。十二时又复痉挛，这回脑的方面倒还在其次了，心脏中了霉菌的毒非常衰弱，以致血行不良，皮肤现出黑色，在臂上捺一下，凹下白色的痕好久还不回复。这一日里，院长山本博士，助手蒲君，看护妇永井君白君，前后都到，山本先生自来四次，永井君留住我家，帮助看病。第一天在混乱中过去了，次日病人虽不见变坏，可是一昼夜以来每两小时一回的樟脑注射毫不见效，心脏还是衰弱，虽然热度已减至三八至九度之间。这天下午因为病人想吃可可糖，我赶往哈达门去买，路上时时为不祥的幻想所侵袭，直到回家看见毫无动静这才略略放心。第三天是火曜日，勉强往学校去，下午三点半正要上课，听说家里有电话来叫，赶紧又告假回来，幸而这回只是梦呓，并未发生什么变化。夜中十二时山本先生诊后，始宣言性命可以无虑。十二日以来，经了两次的食盐注射，三十次以上的樟脑注射，身上拥着大小七个的冰囊，在七十二小时之末总算已离开了死之国土，还真是万幸的事了。

山本先生后来告诉川岛君说，那日曜日他以为一定不行的了。大约是第二天，永井君也走到弟妇的房里躲着下泪，她也觉得这小朋友怕要为了什么而辞去这个家庭了。但是这病人竟从万死中逃得一生，不知是哪里来的力量。医呢，药呢，她自己或别的不可知之力呢？但我知道，如没有医药及大家的救护，她总是早已不在了。我若是一种宗派的信徒，我的感谢便有所归，而且当初的惊怖或者也可减少，但是我不能如此，我对于未知之力有时或感着惊异，却还没有致感谢的那么深密的接触。我现在所想致感谢者在人而不在自然，我很感谢山本先生与永井君的热心的帮助，虽然我也还不曾忘记四年前给我医治肋膜炎的劳苦。川岛斐君二君每日殷勤的访问，也是应该致谢的。

整整地睡了一星期，脑部已经渐好，可以移动，遂于十九日午前搬往医院，她的母亲和“姊姊”陪伴着，因为心脏尚须疗治，住在院里较为便利，省得医生早晚两次赶来诊察。现在温度复原，脉搏亦渐恢复，她卧在我曾经住过两个月的病室的床上，只靠着一个冰枕，胸前放着一个小冰囊，伸出两只手来，在那里唱歌。妻同我商量，若子的兄姊十岁的时候，都花过十来块钱，分给用人并吃点东西当作纪念，去年因为筹不出这笔款，所以没有这样办，这回病好之后，须得设法来补做并以祝贺病愈。她听懂了这会话的意思，便反对说，“这样办不好。倘若今年做了十岁，那么明年岂不还是十一岁么！”我们听了不禁破颜一笑。唉，这个小小的情景，我们在一星期前哪里敢梦想到呢?

紧张透了的心一时殊不容易松放开来。今日已是若子病后的第十一日，下午因为稍觉头痛告假在家，在院子里散步，这才见到白的紫的丁香都已盛开，山桃烂熳得开始憔悴了，东边路旁爱罗先珂君回俄国前手植作为纪念的一株杏花已经零落净尽，只剩有好些绿蒂隐藏嫩叶的底下。春天过去了，在我们彷徨惊恐的几天里，北京这好像敷衍人似地短促的春光早已偷偷地走过去了。这或者未免可惜，我们今年竟没有好好地看一番桃杏花。但是花明年会开的，春天明年也会再来的，不妨等明年再看；我们今年幸而能够留住了别个一去将不复来的春光，我们也就够满足了。

今天我自己居然能够写出这篇东西来，可见我的凌乱的头脑也略略静定了，这也是一件高兴的事。

十四年四月廿二日雨夜

（选自《雨天的书》，岳麓书社1987年7月版）

一个人在途上

扫一扫，
♫ 收听有声版

郁达夫

在东车站的长廊下，和女人分开以后，自家又剩了孤零丁的一个。频年飘泊惯的两口儿，这一回的离散，倒也算不得什么特别。可是端午节那天，龙儿刚死，到这时候北京城里虽已起了秋风，但是计算起来，去儿子的死期，究竟还只有一百来天。在车座里，稍稍把意识恢复转来的时候，自家就想起了卢骚晚年的作品《孤独散步者的梦想》的头上的几句话：

“自家除了己身以外，已经没有弟兄，没有邻人，没有朋友，没有社会了。自家在这世上，像这样的，已经成了一个孤独者了。……”

然而当年的卢骚还有弃养在孤儿院内的五个儿子，而我自己哩，连一个抚育到五岁的儿子都还抓不住！

离家的远别，本来也只为想养活妻儿。去年在某大学的被逐，是万料不到的事情。其后兵乱迭起，交通阻绝，当寒冬的十月，会病倒在沪上，也是谁也料想不到的。今年二月，好容易到得南方，静息了一年之半，谁知这刚养得出趣的龙儿，又会遭此凶疾的呢？

龙儿的病报，本是在广州得着，匆促北航，到了上海，接连接了几个北京来的电报。换船到天津，已经是旧历的五月初十。到家之夜，一见了门上的白纸条儿，心里已经是跳得慌乱，从苍茫的暮色里赶到哥哥家中，见了衰病的她，因为在大众之前，勉强将感情压住。草草吃了夜饭，上床就寝，把电灯一灭，两人只有紧抱的痛哭，痛哭，痛哭，只是痛哭，气也换不过来，更哪里有说一句话的余裕？

受苦的时间，的确脱煞过去得太悠徐，今年的夏季，只是悲叹的连续。晚上上床，两口儿，哪敢提一句话？可怜这两个迷散的灵心，在电灯灭黑的黝暗里，所摸走的荒路，每会凑集在一条线上，这路的交叉点里，只有一块小小的墓碑，墓碑上只有“龙儿之墓”的四个红字。

妻儿因为在浙江老家内，不能和母亲同住，不得已，而搬往北京当时我在寄食的哥哥家去，是去年的四月中旬。那时候龙儿正长得肥满可爱，一举一动，处处教人欢喜。到了五月初，从某地回京，觉得哥哥家太狭小，就在什刹海的北岸，租定了一间渺小的住宅。夫妻两个，日日和龙儿伴乐，闲时也常在北海的荷花深处，及门前的杨柳荫中带龙儿去走走。这一年的暑假，总算过得最快乐，最闲适。

秋风吹叶落的时候，别了龙儿和女人，再上某地大学去为朋友帮忙，当时他们俩还往西车站去送我来哩！这是去年秋晚的事情，想起来还同昨日的情形一样。

过了一月，某地的学校里发生事情，又回京了一次，在什刹海小住了两星期，本来打算不再出京了，然碍于朋友的面子，又不得不于一天寒风刺骨的黄昏，上西车站去趁车。这时候因为怕龙儿要哭，自己和女人，吃过晚饭，便只说要往哥哥家里去，只许他送我们到门口，记得那一天晚上他一个人和老妈子立在门口，等我们俩去了好远，还“爸爸！爸爸！”的叫了好几声。啊啊，这几声惨伤的呼唤，便是我在这世上听到的他叫我的最后的声音！

出京之后，到某地住了一宵，就匆促逃往上海。接续便染了病，遇了强盗辈的争夺政权，其后赴南方暂住，一直到今年的五月，才返北京。

想起来，龙儿实在是一个填债的儿子，是当饥离困厄的这几年中间，特来安慰我和他娘的愁闷的使者！

自从他在安庆生落地以来，我自己没有一天脱离过苦闷，没有一处安住到五个月以上。我的女人，也和我分担着十字架的重负，只是东西南北的奔波飘泊。然当日夜难安，悲苦得不了的时候，只教他的笑脸一开，女人和我，就可以把一切穷愁，丢在脑后。而今年五月初十待我赶到北京的时候，他的尸体，早已在妙光阁的广谊园地下躺着了。

他的病，说是脑膜炎。自从得病之日起，一直到旧历端午节的午时绝命的时候止，中间经过有一个多月的光景。平时被我们宠坏了的他，听说此番病里，却乖顺得非常。叫他吃药，他就大口的吃，叫他用冰枕，他就很柔顺的躺上。病后还能说话的时候，只问他的娘：“爸爸几时回来？”“爸爸在上海为我定做的小皮鞋，已经做好了没有？”我的女人，于惑乱之余，每幽幽的问他：“龙！你晓得你这一场病，会不会死的？”他老是很不愿意的回答说：“哪儿会死的哩？”据女人含泪的告诉我说，他的谈吐，绝不似一个五岁的小儿。

未病之前一个月的时候，有一天午后他在门口玩耍，看见西面来了一乘马车，马车里坐着一个戴灰白色帽子的青年。他远远看见，就急忙丢下了伴侣，跑进屋里去叫他娘出来，说：“爸爸回来了，爸爸回来了！”因为我去年离京时所戴的，是一样的顶白灰呢帽。他娘跟他出来到门前，马车已经过去了，他就死劲的拉住了他娘，哭喊着说：“爸爸怎么不家来吓？爸爸怎么不家来吓？”他娘说慰了半天，他还尽是哭着，这也是他娘含泪和我说的。现在回想起来，自己实在不该抛弃了他们，一个人在外面流荡，致使他那小小的灵心，常有这望远思亲的伤痛。

去年六月，搬往什刹海之后，有一次我们在堤上散步，因为他看见了人家的汽车，硬是哭着要坐，被我痛打了一顿。又有一次，也是因为要穿洋服，受了我的毒打。这实在只能怪我做父亲的没有能力，不能做洋服给他穿，雇汽车给他坐。早知他要这样的早死，我就是典当强劫，也应该去弄一点钱来，满足他这点点无邪的欲望。到现在追想起来，实在觉得对他不起，实在是我太无容人之量了。

我女人说，濒死的前五天，在病院里，他连叫了几夜的爸爸！她问他："叫爸爸干什么！"他又不响了，停一会儿，就又再叫起来。到了旧历五月初三日，他已入了昏迷状态，医师替他抽骨髓，他只会直叫一声"干吗？"喉头的气管，咯咯在抽咽，眼睛只往上吊送，口头流些白沫，然而一口气总不肯断。他娘哭叫几声"龙！龙！"他的小眼角上，就会迸流些眼泪出来，后来他娘看他苦得难过，倒对他说：

"龙！你若是没有命的，就好好的去罢！你是不是想等爸爸回来？就是你爸爸回来，也不过是这样的替你医治罢了。龙！你有什么不了的心愿呢？龙！与其这样的抽咽受苦，你还不如快快的去罢！"

他听了这一段话，眼角上的眼泪，更是涌流得厉害。到了旧历端午节的午时，他竟等不着我的回来，终于断气了。

丧葬之后，女人搬往哥哥家里，暂住了几天。我于五月十日晚上，下车赶到什刹海的寓宅，打门打了半天，没有应声。后来抬头一看，才见了一张告示邮差送信的白纸条。

自从龙儿生病以后，连日夜看护久已倦了的她，又哪里经得起最后的这一个打击？自己当到京之夜，见了她的衰容，见了她的泪眼，又哪里能够不痛哭呢！

在哥哥家里小住了两三天，我因为想追求龙儿生前的遗迹，一定要女人和我仍复搬回什刹海的住宅去住它一两个月。

搬回去那天，一进上屋的门，就见了一张被他玩破的今年正月里的花灯。听说这张花灯，是南城大姨妈送他的，因为他自家烧破了一个窟窿，他还哭过好几次来的。

其次，便是上房里砖上的几堆烧纸钱的痕迹！系当他下殓时烧给他的。

院子里有一架葡萄，两棵枣树，去年采取葡萄枣子的时候，他站在树下，兜起了大褂，仰头在看树上的我。我摘取一颗，丢入了他的大褂兜里，他的哄笑声，要继续到三五分钟。今年这两颗枣树，结满了青青的枣子，风起的半夜里，老有熟极的枣子辞枝自落。女人和我，睡在床上，有时候且哭且谈，总要到更深人静，方能入睡。在这样的幽幽的谈话中间，最怕听的，就是这滴答的坠枣之声。

到京的第二日，和女人去看他的坟墓。先在一家南纸铺里买了许多冥府的钞票，预备去烧送给他。直到到了妙光阁的广谊园茔地门前，她方从呜咽里清醒过来，说："这是钞票，他一个小孩如何用得呢？"就又回车转来，到琉璃厂去买了些有孔的纸钱。她在坟前哭了一阵，把纸钱钞票烧化的时候，却叫着说：

"龙！这一堆是钞票，你收在那里。待长大了的时候再用，要买什么，你先拿这一堆钱去用罢！"

这一天在他的坟上坐着，我们直到午后七点，太阳平西的时候，才回家来。临走的时候，他娘还哭叫着说：

"龙！龙！你一个人在这里不怕冷静的么？龙！龙！人家若来欺你，你晚上来告诉娘罢！你怎么不想回来了呢？你怎么梦也不来托一个呢？"

箱子里，还有许多散放着的他的小衣服。今年北京的天气，到七月中旬，已经是很冷了。当微凉的早晚，我们俩都想换上几件夹衣，然而因为怕见到他旧时的夹衣袍袜，我们俩却尽是一天一天的捱着，谁也不说出口来，说“要换上件夹衫”。

有一次和女人在那里睡午觉，她骤然从床上坐了起来，鞋也不拖，光着袜子，跑上了上房起坐室里，并且更掀帘跑上外面院子里去。我也莫名其妙跟着她跑到外面的时候，只见她在那里四面找寻什么，找寻不着，呆立了一会，她忽然放声哭了起来，并且抱住了我急急的追问说：“你听不听见？你听不听见？”哭完之后，她才告诉我说，在半醒半睡的中间，她听见“娘！娘！”的叫了两声，的确是龙的声音，她很坚定的说：“的确是龙回来了。”

北京的朋友亲戚，为安慰我们起见，今年夏天常请我们俩去吃饭听戏。她老不愿意和我同去，因为去年的六月，我们无论上哪里去玩，龙儿是常和我们在一处的。

今年的一个暑假，就是这样的，在悲叹和幻梦的中间消逝了。

这一回南方来催我就道的信，过于匆促，出发之前，我觉得还有一件大事情没有做了。

中秋节前新搬了家，为修理房屋，部署杂事，就忙了一个星期。出发之前，又因了种种琐事，不能抽出空来，再上龙儿的坟地里去探望一回。女人上东车站来送我上车的时候，我心里尽酸一阵痛一阵的在回念这一件恨事。有好几次想和她说出来，教她于两三日后再往妙光阁去探望一趟，但见了她的憔悴尽的颜色，和苦忍住的凄楚，又终于一句话也没有讲成。

现在去北京远了，去龙儿更远了，自家只一个人，只是孤零丁的一个人。在这里继续此生中大约是完不了的飘泊。

一九二六年十月五日在上海旅馆内

（原载1926年7月1日《创造月刊》第1卷第5期，该期衍期出版）

给我的孩子们

扫一扫，
♫ 收听有声版

丰子恺

我的孩子们！我憧憬于你们的生活，每天不止一次！我想委曲地说出来，使你们自己晓得。可惜到你们懂得我的话的意思的时候，你们将不复是可以使我憧憬的人了。这是何等可悲哀的事啊！

瞻瞻！你尤其可佩服。你是身心全部公开的真人。你什么事体都像拼命地用全副精力去对付。小小的失意，像花生米翻落地了，自己嚼了舌头了，小猫不肯吃糕了，你都要哭得嘴唇翻白，昏去一两分钟。外婆普陀去烧香买回来给你的泥人，你何等鞠躬尽瘁地抱他，喂他；有一天你自己失手把他打破了，你的号哭的悲哀，比大人们的破产，失恋，broken heart①，丧考妣，全军覆没的悲哀都要真切。两把芭蕉扇做的脚踏车，麻雀牌堆成的火车，汽车，你何等认真地看待，挺直了嗓子叫

① 心碎。

"汪——","咕咕咕……",来代替汽笛。宝姐姐讲故事给你听,说到"月亮姐姐挂下一只篮来,宝姐姐坐在篮里吊了上去,瞻瞻在下面看"的时候,你何等激昂地同她争,说"瞻瞻要上去,宝姐姐在下面看!"甚至哭到漫姑[①]面前去求审判。我每次剃了头,你真心地疑我变了和尚,好几时不要我抱。最是今年夏天,你坐在我膝上发见了我腋下的长毛,当作黄鼠狼的时候,你何等伤心,你立刻从我身上爬下去,起初眼瞪瞪地对我端相,继而大失所望地号哭,看看,哭着,如同对被判定了死罪的亲友一样。你要我抱你到车站里去,多多益善地要买香蕉,满满地擒了两手回来,回到门口时你已经熟睡在我的肩上,手里的香蕉不知落在哪里去了。这时何等可佩服的真率,自然,与热情!大人间的所谓"沉默","含蓄","深刻"的美德,比起你来,全是不自然的,病的,伪的!

你们每天做火车,做汽车,办酒,请菩萨,堆六面画,唱歌,全是自动的,创造创作的生活。大人们的呼号"归自然!""生活的艺术化!""劳动的艺术化!"在你们面前真是出丑得很了!依样画几笔画,写几篇文的人称为艺术家,创作家,对你们更要愧死!

你们的创作力,比大人真是强盛得多哩:瞻瞻!你的身体不及椅子的一半,却常常要搬动它,与它一同翻倒在地上;你又要把一杯茶横转来藏在抽斗里,要皮球停在壁上,要拉住火车的尾巴,要月亮出来,要天停止下雨。在这等小小的事件中,明明表示着你们的小弱的体力与智力不足以应付强盛的创作欲,表现欲的驱使,因而遭逢失败。然而你们是不受大自然的支配,不受人类社会的束缚的创造者,所以你的遭逢失

---

① 作者的三姐。

败，例如火车尾巴拉不住，月亮呼不出来的时候，你们决不承认是事实的不可能，总以为是爹爹妈妈不肯帮你们办到，同不许你们弄自鸣钟同例，所以愤愤地哭了，你们的世界何等广大！

你们一定想：终天无聊地伏在案上弄笔的爸爸，终天闷闷地坐在窗下弄引线的妈妈，是何等无气性的奇怪的动物！你们所视为奇怪动物的我与你们的母亲，有时确实难为了你们，摧残了你们，回想起来，真是不安心得很！

阿宝！有一晚你拿软软的新鞋子，和自己脚上脱下来的鞋子，给凳子的脚穿了，划袜立在地上，得意地叫"阿宝两只脚，凳子四只脚"的时候，你母亲喊着"龌龊了袜子！"立刻擒你到藤榻上，动手毁坏你的创作。当你蹲在榻上注视你母亲动手毁坏的时候，你的小心里一定感到"母亲这种人，何等杀风景而野蛮"吧！

瞻瞻！有一天开明书店送了几册新出版的毛边的《音乐入门》来。我用小刀把书页一张一张地裁开来，你侧着头，站在桌边默默地看。后来我从学校回来，你已经在我的书架上拿了一本连史纸印的中国装的《楚辞》，把它裁破了十几页，得意地对我说："爸爸！瞻瞻也会裁了！"瞻瞻！这在你原是何等成功的欢喜，何等得意的作品！却被我一个惊骇的"哼"字喊得你哭了。那时候你也一定抱怨"爸爸何等不明"吧！

软软！你常常要弄我的长锋羊毫，我看见了总是无情地夺脱你。现在你一定轻视我，想道："你终于要我画你的画集的封面！"①

① 本文是《子恺画集》（1927年开明书店出版）的代序。《子恺画集》的封面画即软软所作。

最不安心的，是有时我还要拉一个你们所最怕的陆露沙医生来，教他用他的大手来摸你们的肚子，甚至用刀来在你们臂上割几下，还要教妈妈和漫姑擒住了你们的手脚，捏住了你们的鼻子，把很苦的水灌到你们的嘴里去。这在你们一定认为太无人道的野蛮举动吧！

孩子们！你们真果抱怨我，我倒欢喜；到你们的抱怨变为感谢的时候，我的悲哀来了！

我在世间，永没有逢到像你们样出肺肝相示的人。世间的人群结合，永没有像你们样的彻底地真实而纯洁。最是我到上海去干了无聊的所谓“事”回来，或者去同不相干的人们做了叫做“上课”的一种把戏回来，你们在门口或车站旁等我的时候，我心中何等惭愧又欢喜！惭愧我为什么去做这等无聊的事，欢喜我又得暂时放怀一切地加入你们的真生活的团体。

但是，你们的黄金时代有限，现实终于要暴露的。这是我经验过来的情形，也是大人们谁也经验过的情形。我眼看见儿时的伴侣中的英雄，好汉，一个个退缩，顺从，妥协，屈服起来，到像绵羊的地步。我自己也是如此。“后之视今，亦犹今之视昔”，你们不久也要走这条路呢！

我的孩子们！憧憬于你们的生活的我，痴心要为你们永远挽留这黄金时代在这册子里。然这真不过像“蜘蛛网落花”略微保留一点春的痕迹而已。且到你们懂得我这片心情的时候，你们早已不是这样的人，我的画在世间已无可印证了！这是何等可悲哀的事啊！

《子恺画集》代序，一九二六年耶诞节作

（选自《缘缘堂随笔集》，浙江文艺出版社1983年版）

儿 女

扫一扫，
♫ 收听有声版

丰子恺

回想四个月以前，我犹似押送囚犯，突然地把小燕子似的一群儿女从上海的租寓中拖出，载上火车，送回乡间，关进低小的平屋中。自己仍回到上海的租界中，独居了四个月。这举动究竟出于什么旨意，本于什么计划，现在回想起来，连自己也不相信。其实旨意与计划，都是虚空的，自骗自扰的，实际于人生有什么利益呢？只赢得世故尘劳，做弄几番欢愁的感情，增加心头的创痕罢了！

当时我独自回到上海，走进空寂的租寓，心中不绝地浮起这两句《楞严》经文："十方虚空在汝心中，犹如白云点太清里；况诸世界在虚空耶！"

晚上整理房室，把剩在灶间里的篮钵、器皿、余薪、余米，以及其他三年来寓居中所用的家常零星物件，尽行送给来帮我做短工的、邻近的小店里的儿子。只有四双破旧的小孩子的鞋子不知为什么缘故我不送掉，拿来整齐地摆在自己的床下，而且后来看到的时候常常感到一种无名的愉快。直到好几天之后，邻居的友人过来闲谈，说起这床下的小鞋子阴气迫人，我方始悟到自己的痴态，就把它们拿掉了。

朋友们说我关心儿女。我对于儿女的确关心，在独居中更常有悬念的时候。但我自以为这关心与悬念中，除了本能以外，似乎尚含有一种更强的加味。所以我往往不顾自己的画技与文笔的拙陋，动辄描摹。因为我的儿女都是孩子们，最年长的不过九岁，所以我对于儿女的关心与悬念中，有一部分是对于孩子们——普天下的孩子们——的关心与悬念。他们成人以后我对他们怎样？现在自己也不能晓得，但可推知其一定与现在不同，因为不复含有那种加味了。

回想过去四个月的悠闲宁静的独居生活，在我也颇觉得可恋，又可感谢。然而一旦回到故乡的平屋里，被围在一群儿女的中间的时候，我又不禁自伤了。因为我那种生活，或枯坐，默想，或钻研，搜求，或敷衍，应酬，比较起他们的天真、健全、活跃的生活来，明明是变态的，病的，残废的。

有一个炎夏的下午，我回到家中了。第二天的傍晚，我领了四个孩子——九岁的阿宝、七岁的软软、五岁的瞻瞻、三岁的阿韦——到小院中的槐荫下，坐在地上吃西瓜。夕暮的紫色中，炎阳的红味渐渐消减，凉夜的青味渐渐加浓起来。微风吹动孩子们的细丝一般的头发，身体上汗气已经全消，百感畅快的时候，孩子们似乎已经充溢着生的欢喜，非发泄不可了。最初是三岁的孩子的音乐的表现，他满足之余，笑嘻嘻摇摆着身子，口中一面嚼西瓜，一面发出一种像花猫偷食时候的“ngam ngam”的声音来。这音乐的表现立刻唤起了五岁的瞻瞻的共鸣，他接着发表他的诗：“瞻瞻吃西瓜，宝姐姐吃西瓜，软软吃西瓜，阿韦吃西瓜。”这诗的表现又立刻引起了七岁与九岁的孩子的散文的、数学的兴味：他们立刻把瞻瞻的诗句的意义归纳起来，报告其结果：“四个人吃四块西瓜。”

于是我就做了评判者，在自己心中批判他们的作品。我觉得三岁的阿韦的音乐的表现最为深刻而完全，最能全般表出他的欢喜的感情。五岁的瞻瞻把这欢喜的感情翻译为（他的）诗，已打了一个折扣；然尚带着节奏与旋律的分子，犹有活跃的生命流露着。至于软软与阿宝的散文的、数学的、概念的表现，比较起来更肤浅一层。然而看他们的态度，全部精神没入在吃西瓜的一事中，其明慧的心眼，比大人们所见的完全得多。天地间最健全的心眼，只是孩子们的所有物，世间事物的真相，只有孩子们能最明确、最完全地见到。我比起他们来，真的心眼已经被世智尘劳所蒙蔽，所斫丧，是一个可怜的残废者了。我实在不敢受他们“父亲”的称呼，倘然“父亲”是尊崇的。

我在平屋的南窗下暂设一张小桌子，上面按照一定的秩序而布置着稿纸、信箧、笔砚、墨水瓶、浆糊瓶、时表和茶盘等，不喜欢别人来任意移动，这是我独居时的惯癖。我——我们大人——平常的举止，总是谨慎，细心，端详，斯文。例如磨墨，放笔，倒茶等，都小心从事，故桌上的布置每日依然，不致破坏或扰乱。因为我的手足的筋觉已经由于屡受物理的教训而深深地养成一种谨惕的惯性了。然而孩子们一爬到我的案上，就捣乱我的秩序，破坏我的桌上的构图，毁损我的器物。他们拿起自来水笔来一挥，洒了一桌子又一衣襟的墨水点；又把笔尖蘸在浆糊瓶里。他们用劲拔开毛笔的铜笔套，手背撞翻茶壶，壶盖打碎在地板上……这在当时实在使我不耐烦，我不免哼喝他们，夺脱他们手里的东西，甚至批他们的小颊。然而我立刻后悔：哼喝之后立刻继之以笑，夺了之后立刻加倍奉还，批颊的手在中途软却，终于变批为抚。因为我立刻自悟其非：我要求孩子们的举止同我自己一样，何其乖谬！我——我们大人——的举止谨惕，是为了身体手足的筋觉已经受了种种现实的压迫而痉挛了的缘故。孩子们尚保有天赋的健全的身手与真朴活跃的元气，岂像我们的穷屈？

（选自《缘缘堂随笔集》，浙江文艺出版社1983年版）

作父亲

扫一扫，

♫ 收听有声版

丰子恺

楼窗下的弄里远地传来一片声音："咿哟，咿哟……"渐近渐响起来。

一个孩子从算草簿中抬起头来，张大眼睛倾听一会，"小鸡！小鸡！"叫了起来。四个孩子同时放弃手中的笔，飞奔下楼，好像路上的一群麻雀听见了行人的脚步声而飞去一般。

我刚才扶起他们所带倒的凳子，拾起桌子上滚下去的铅笔，听见大门口一片呐喊："买小鸡！买小鸡！"其中又混着哭声。连忙下楼一看，原来元草因为落伍而狂奔，在庭中跌了一交，跌痛了膝盖骨不能再跑，恐怕小鸡被哥哥、姐姐们买完了轮不着他，所以激烈地哭着。我扶了他走出大门口，看见一群孩子正向一个挑着一担"咿哟，咿哟"的人招呼，欢迎他走近来。元草立刻离开我，上前去加入团体，且跳且喊："买小鸡！

买小鸡！”泪珠跟了他的一跳一跳而从脸上滴到地上。

孩子们见我出来，大家回转身来包围了我。“买小鸡！买小鸡！”的喊声由命令的语气变成了请愿的语气，喊得比前更响了。他们仿佛想把这些音蓄入我的身体中，希望它们由我的口上开出来。独有元草直接拉住了担子的绳而狂喊。

我全无养小鸡的兴趣；而且想起了以后的种种麻烦，觉得可怕。但乡居寂寥，绝对屏除外来的诱惑而强迫一群孩子在看惯的几间屋子里隐居这一个星期日，似也有些残忍。且让这个“咿哟、咿哟”来打破门庭的岑寂，当作长闲的春昼的一种点缀吧。我就招呼挑担的，叫他把小鸡给我们看看。

他停下担子，揭开前面的一笼。“咿哟，咿哟”的声音忽然放大。但见一个细网的下面，蠕动着无数可爱的小鸡，好像许多活的雪球。五六个孩子蹲集在笼子的四周，一齐倾情地叫着“好来！好来！”一瞬间我的心也屏绝了思虑而没入在这些小动物的姿态的美中，体会了孩子们对于小鸡的热爱的心情。许多小手伸入笼中，竞指一只纯白的小鸡，有的几乎要隔网捉住它。挑担的忙把盖子无情地冒上，许多“咿哟，咿哟”的雪球和一群“好来，好来”的孩子就成了咫尺天涯。孩子们怅望笼子的盖，依附在我的身边，有的伸手摸我的袋。我就向挑担的人说话：

“小鸡卖几钱一只？”

“一块洋钱四只。”

“这样小的，要卖二角半钱一只？可以便宜些否？”

“便宜勿得，二角半钱最少了。”

他说过，挑起担子就走。大的孩子脉脉含情地目送他，小的孩子拉住了我的衣襟而连叫“要买！要买！”挑担的越走得快，他们喊得越响。我摇手止住孩子们的喊声，再向挑担的问：

“一角半钱一只卖不卖？给你六角钱买四只吧！”

“没有还价！”

他并不停步，但略微旋转头来说了这一句话，就赶紧向前面跑。“咿哟，咿哟”的声音渐渐地远起来了。

元草的喊声就变成哭声。大的孩子锁着眉头不绝地探望挑担者的背影，又注视我的脸色。我用手掩住了元草的口，再向挑担人远远地招呼：

“二角大洋一只，卖了吧！”

“没有还价！”

他说过便昂然地向前进行，悠长地叫出一声“卖——小——鸡——！”其背影便在弄口的转角上消失了。我这里只留着一个嚎啕大哭的孩子。

对门的大嫂子曾经从矮门上探头出来看过小鸡，这时候就拿着针线走出来，倚在门上，笑着劝慰哭的孩子，她说：

“不要哭！等一会儿还有担子挑来，我来叫你呢！”她又笑着向我说：

“这个卖小鸡的想做好生意。他看见小孩子哭着要买，越是不肯让价了。昨天坍墙圈里买的一角洋钱一只，比刚才的还大一半呢！”

我同她略谈了几句，硬拉了哭着的孩子回进门来。别的孩子也懒洋洋地跟了进来。我原想为长闲的春昼找些点缀而走出门口来的，不料讨个没趣，扶了一个哭着的孩子而回进来。庭中柳树正在骀荡的春光中摇曳柔条，堂前的燕子正在安稳的新巢上低徊软语。我们这个刁巧的挑担者和痛哭的孩子，在这一片和平美丽的春景中很不调和啊！

关上大门，我一面为元草揩拭眼泪，一面对孩子们说：

“你们大家说‘好来，好来’，‘要买，要买’，那人就不肯让价了！”

小的孩子听不懂我的话，继续抽噎着；大的孩子听了我的话若有所思。我继续抚慰他们：

“我们等一会再来买吧，隔壁大妈会喊我们的。但你们下次……”

我不说下去了。因为下面的话是“看见好的嘴上不可说好，想要的嘴上不可说要”。倘再进一步，就变成“看见好的嘴上应该说不好，想要的嘴上应该说不要”了。在这一片天真烂漫光明正大的春景中，向哪里容藏这样教导孩子的一个父亲呢？

一九三三年五月廿日

（选自《缘缘堂随笔集》，浙江文艺出版社1983年版）

做了父亲

扫一扫，
♫ 收听有声版

叶圣陶

假若至今还没有儿女，是不是要与有些人一样，感到是人生的缺憾，心头总有这么一个失望牵萦着呢？

我与妻都说不至于吧。一些人没有儿女感到缺憾，因为他们认为儿女是我们份所应得的，应得而不得，当然要失望。也许有人说没有儿女就是没有给社会尽力，对于种族的绵延没有尽责任，那是颇为冠冕堂皇的话，是随后找来给自己解释的理由，查问到根柢，还是个得不到应得的不满足之感而已。我们以为人生的权利固有多端，而儿女似乎不在多端之内，所以说不至于。

但是儿女早已出生了，这个设想无从证实。在有了儿女的今日，设想没有儿女，自然觉得可以不感缺憾；倘若今日真个还没有儿女，也许会感到非常寂寞，非常惆怅吧。这是说不定的。

教育是专家的事业，这句话近来几乎成了口号，但是这意义仿佛向来被承认的。然而一为父母就得兼充专家也是事实。非专家的专家担起教育的责任来，大概走两条路：一是尽许多不必要的心，结果是“非徒无益，而又害之”；一是给了个“无所有”，本应在儿女的生活中给充实些什么，可是并没有把该给充实的付与儿女。

自家反省，非意识地走的是后一条路。虽然也像一般父亲一样，被一家人用作镇压孩子的偶像，在没法对付时，就“爹爹，你看某某！”这样喊出来；有时被引动了感情，骂一顿甚至打一顿的事也有；但是收场往往像两个孩子争闹似的，说着“你不那样，我也就不这样”的话，其意若曰彼此再别说这些，重复和好了吧。这中间积极的教训之类是没有的。

不自命为“名父”的，大多走与我同样的路。

自家就没有什么把握，一切都在学习试验之中，怎么能给后一代人预先把立身处世的道理规定好了教给他们呢？

学校，我想也不是与儿女有什么了不起的关系的。学习一些符号，懂得一些常识，结交若干朋友，度过若干岁月，如是而已。

以前曾经担过忧虑，因为自家是小学教员出身，知道小学的情形比较清楚，以为像个模样的小学太少了，儿女达到入学年龄的时候将无处可送。现在儿女三个都进了学校，学校也不见特别好，但是我毫不存勉强迁就的意思。

一定要有理想的小学才把儿女送去，这无异看儿女作特别珍贵特别柔弱的花草，所以要保藏在装着暖气管的玻璃花房里。特别珍贵么，除了有些国家的华胄贵族，谁也不肯对儿女作这样的夸大口吻。特别柔弱么，那又是心所不甘，要抵当得风雨，经历得霜雪，这才可喜。——我现在作这样想，自笑以前的忧虑殊属无谓。

何况世间为生活所限制，连小学都不得进的多得很，他们一样要挺直身躯立定脚跟做人。学校好坏于人究竟有何等程度的关系呢？——这样想时，以前的忧虑尤见得我的浅陋了。

我这方面既然给了个“无所有”，学校方面又没有什么了不起的关系，这就拦到了角落里，儿女的生长只有在环境的限制之内，凭他们自己的心思能力去应付一切。这里所谓环境，包括他们所有遭值的事和人物，一饮一啄，一猫一狗，父母教师，街市田野，都在里头。

做父亲的真欲帮助儿女仅有一途，就是诱导他们，让他们锻炼这种心思能力。若去请教专门的教育者，当然，他将说出许多微妙的理论，但是要义大致也不外乎此。

可是，怎样诱导呢？我就茫然了。虽然知道应该往哪一方向走，但是没有往前走的实力，只得站在这里，搓着空空的一双手，与不曾知道方向的并无两样。我很明白，对儿女最抱歉的就是这一点，将来送不送他们进大学倒没有多大关系。因为适宜的诱导是在他们生命的机械里加添燃料，而送进大学仅是给他们文凭、地位，以便剥削他人而已。（有人说起振兴大学教育可以救国，不知如何，我总不甚相信，却往往想到这样不体面的结论上去。）

他们应付环境不得其当甚至应付不了的时候，一定会怅然自失，心里想，如果父亲早给点儿帮助，或者不至于这样无所措吧。这种归咎，我不想躲避，也没法躲避。

对于儿女也有我的希望。

一句话而已，希望他们胜似我。

所谓人间所谓社会虽然很广漠，总直觉地希望它有进步。而人是构成人间社会的。如果后代无异前代，那就是站在老地方没有前进，徒然送去了一代的时光，已属不妙。或者更甚一点，竟然“一代不如一代”，试问人间社会经得起几回这样的七折八扣呢！凭这么想，我希望儿女必须胜似我。

爬上西湖葛岭那样的山就会气喘，提十斤左右重的东西走一两里路胳膊就会酸好几天，我这种身体是完全不行的。我希望他们有强壮的身体。

人家问一句话一时会答不上来，事务当前会十分茫然，不知怎样处置或判断，我这种心灵是完全不行的。我希望他们有明澈的心灵。

说到职业，现在干的是笔墨的事，要说那干系之大，当然可以戴上文化或教育的高帽子，于是仿佛觉得并非无聊。但是能够像工人农人一样，拿出一件供人家切实应用的东西来么？没有！自家却使用了人家生产的切实应用的东西，岂非也成了可羞的剥削阶级？文化或教育的高帽子只能掩饰丑脸，聊自解嘲而已，别无意义。这样想时，更菲薄自己，达于极点。我希望他们与我不一样：至少要能够站在人前宣告道，“凭我们的劳力，产生了切实应用的东西，这里就是！”其时手里拿的是布匹米麦之类；即使他们中间有一个成为玄学家，也希望他同时铸成一些齿轮或螺丝钉。

（选自《叶圣陶散文甲集》，四川人民出版社1983年版）

扫一扫，
收听有声版

儿 女

朱自清

我现在已是五个儿女的父亲了。想起圣陶喜欢用的“蜗牛背了壳”的比喻，便觉得不自在。新近一位亲戚嘲笑我说，“要剥层皮呢！”更有些悚然了。十年前刚结婚的时候，在胡适之先生的《藏晖室札记》里，见过一条，说世界上有许多伟大的人物是不结婚的；文中并引培根的话，“有妻子者，其命定矣。”当时确吃了一惊，仿佛梦醒一般；但是家里已是不由分说给娶了媳妇，又有甚么可说？现在是一个媳妇，跟着来了五个孩子；两个肩头上，加上这么重一副担子，真不知怎样走才好。“命定”是不用说了；从孩子们那一面说，他们该怎样长大，也正是可以忧虑的事。我是个彻头彻尾自私的人，做丈夫已是勉强，做父亲更是不成。自然，“子孙崇拜”，“儿童本位”的哲理或伦理，我也有些知道；既做着父亲，闭了眼抹杀孩子们的权利，知道是不行的。可惜这只是理论，实际上我是仍旧按照古老的传统，在野蛮地对付着，和普通的父亲一样。近来差不多是中年的人了，才渐渐觉得自己的残酷；想着孩子们受过的体罚和叱责，始终不能辩解——像抚摩着旧创痕那样，我的心酸溜溜的。有一回，读了有岛武郎《与幼小者》的译文，对了那种伟大的，沉挚的态度，我竟流下泪来了。去年父亲来信，问起阿九，那时阿九还在白马湖呢；信上说，“我没有耽误你，你也不要耽误他才好。”我为这句话哭了一场；我为什么不像父亲的仁慈？我不该忘记，父亲怎样待我们来着！人性许真是二元的，我是这样地矛盾；我的心像钟摆似的来去。

你读过鲁迅先生的《幸福的家庭》么？我的便是那一类的“幸福的家庭”！每天午饭和晚饭，就如两次潮水一般。先是孩子们你来他去地在厨房与饭间里查看，一面催我或妻发“开饭”的命令。急促繁碎的脚步，夹着笑和嚷，一阵阵袭来，直到命令发出为止。他们一递一个地跑着喊着，将命令传给厨房里用人；便立刻抢着回来搬凳子。于是这个说，“我坐这儿！”那个说，“大哥不让我！”大哥却说，“小妹打我！”我给他们调解，说好话。但是他们有时候很固执，我有时候也不耐烦，这便用着叱责了；叱责还不行，不由自主地，我的沉重的手掌便到他们身上了。于是哭的哭，坐的坐，局面才算定了。接着可又你要大碗，他要小碗，你说红筷子好，他说黑筷子好；这个要干饭，那个要稀饭，要茶要汤，要鱼要肉，要豆腐，要萝卜；你说他菜多，他说你菜好。妻是照例安慰着他们，但这显然是太迂缓了。我是个暴躁的人，怎么等得及？不用说，用老法子将他们立刻征服了；虽然有哭的，不久也就抹着泪捧起碗了。吃完了，纷纷爬下凳子，桌子是饭粒呀，汤汁呀，骨头呀，渣滓呀，加上纵横的筷子，欹斜的匙子，就如一块花花绿绿的地图模型。吃饭而外，他们的大事便是游戏。游戏时，大的有大主意，小的有小主意，各自坚持不下，于是争执起来；或者大的欺负了小的，或者小的竟欺负了大的，被欺负的哭着嚷着，到我或妻的面前诉苦；我大抵仍旧要用老法子来判断的，但不理的时候也有。最为难的，是争夺玩具的时候：这一个的与那一个的是同样的东西，却偏要那一个的；而那一个便偏不答应。在这种情形之下，不论如何，终于是非哭了不可的。这些事件自然不至于天天全有，但大致总有好些起。我若坐在家里看书或写什么东西，管保一点钟里要分几回心，或站起来一两次的。若是雨天或礼拜日，孩子们在家的多，那么，摊开书竟看不下一行，提起笔也写不出一个字的事，也有过的。我常和妻说，“我们家真是成日的千军万马呀！”有时是不但“成日”，连夜里也有兵马在进行着，在有吃乳或生病的孩子的时候！

我结婚那一年，才十九岁。二十一岁，有了阿九；二十三岁，又有了阿菜。那时我正像一匹野马，哪能容忍这些累赘的鞍鞯，辔头和缰绳？摆脱也知是不行的，但不自觉地时时在摆脱着。现在回想起来，那些日子，真苦了这两个孩子；真是难以宽宥的种种暴行呢！阿九才两岁半的样子，我们住在杭州的学校里。不知怎地，这孩子特别爱哭，又特别怕生人。一不见了母亲，或来了客，就哇哇地哭起来了。学校里住着许多人，我不能让他扰着他们，而客人也总是常有的；我懊恼极了，有一回，特地骗出了妻，关了门，将他按在地下打了一顿。这件事，妻到现在说起来，还觉得有些不忍；她说我的手太辣了，到底还是两岁半的孩子！我近年常想着那时的光景，也觉黯然。阿菜在台州，那是更小了；才过了周岁，还不大会走路。也是为了缠着母亲的缘故吧，我将她紧紧地按在墙角里，直哭喊了三四分钟；因此生了好几天病。妻说，那时真寒心呢！但我的苦痛也是真的。我曾给圣陶写信，说孩子们的磨折，实在无法奈何；有时竟觉着还是自杀的好。这虽是气愤的话，但这样的心情，确也有过的。后来孩子是多起来了，磨折也磨折得久了，少年的锋棱渐渐地钝起来了；加以增长的年岁增长了理性的裁制力，我能够忍耐了——觉得从前真是一个“不成材的父亲”，如我给另一个朋友信里所说。但我的孩子们在幼小时，确比别人的特别不安静，我至今还觉如此。我想这大约还是由于我们抚育不得法；从前只一味地责备孩子，让他们代我们负起责任，却未免是可耻的残酷了！

正面意义的“幸福”，其实也未尝没有。正如谁所说，小的总是可爱，孩子们的小模样，小心眼儿，确有些教人舍不得的。阿毛现在五个月了，你用手指去拨弄她的下巴，或向她做趣脸，她便会张开没牙的嘴格格地笑，笑得像一朵正开的花。她不愿在屋里待着；待久了，便大声儿嚷。妻常说，“姑娘又要出去溜达了。”她说她像鸟儿般，每天总得到外面溜一些时候。润儿上个月刚过了三岁，笨得很，话还没有学好呢。他只能说三四个字的短语或句子，文法错误，发音模糊，又得费气力说出；我们老是要笑他的。他说“好”字，总变成“小”字；问他“好不好？”他便说“小”，或“不小”。我们常常逗着他说这个字玩儿；他似乎有些觉得，近来偶然也能说出正确的“好”字了——特别在我们故意说成“小”字的时候。他有一只搪磁碗，是一毛来钱买的；买来时，老妈子教给他，“这是一毛钱。”他便记住“一毛”两个字，管那只碗叫“一毛”，有时竟省称为“毛”。这在新来的老妈子，是必需翻译了才懂的。他不好意思，或见着生客时，便咧着嘴痴笑；我们常用了土话，叫他做“呆瓜”。他是个小胖子，短短的腿，走起路来，蹒跚可笑；若快走或跑，便更“好看”了。他有时学我，将两手叠在背后，一摇一摆的；那是他自己和我们都要乐的。他的大姊便是阿菜，已是七岁多了，在小学校里念着书。在饭桌上，一定得啰啰唆唆地报告些同学或他们父母的事情；气喘喘地说着，不管你爱听不爱听。说完了总问我：“爸爸认识么？”“爸爸知道么？”妻常禁止她吃饭时说话，所以她总是问我。她的问题真多：看电影便问电影里的是不是人？是不是真人？怎么不说话？看照相也是一样。不知谁告诉她，兵是要打人的。她回来便问，兵是人么？为什么打人？近来大约听了先生的话，回来又问张作霖的兵是帮谁的？蒋介石的兵是不是帮我们的？诸如此类的问题，每天短不了，常常闹得我不知怎样答才行。她和润儿在一处玩儿，一大一小，不很合式，老是吵着哭着。但合式的时候也有：譬如这个往床底下躲，那个便钻进去追着；这个钻出来，那个也跟着——从这个床到那个床，只听见笑着，嚷着，喘着，真如妻所说，像小狗似的。现在在京的，便只有这三个孩子；阿九和转儿是去年北来时，让母亲暂时带回扬州去了。

阿九是欢喜书的孩子。他爱看《水浒》,《西游记》,《三侠五义》,《小朋友》等;没有事便捧着书坐着或躺着看。只不欢喜《红楼梦》,说是没有味儿。是的,《红楼梦》的味儿,一个十岁的孩子,哪里能领略呢?去年我们事实上只能带两个孩子来;因为他大些,而转儿是一直跟着祖母的,便在上海将他俩丢下。我清清楚楚记得那分别的一个早上。我领着阿九从二洋泾桥的旅馆出来,送他到母亲和转儿住着的亲戚家去。妻嘱咐说,“买点吃的给他们吧。”我们走过四马路,到一家茶食铺里。阿九说要熏鱼,我给买了;又买了饼干,是给转儿的。便乘电车到海宁路。下车时,看着他的害怕与累赘,很觉恻然。到亲戚家,因为就要回旅馆收拾上船,只说了一两句话便出来;转儿望望我,没说什么,阿九是和祖母说什么去了。我回头看了他们一眼,硬着头皮走了。后来妻告诉我,阿九背地里向她说:“我知道爸爸欢喜小妹,不带我上北京去。”其实这是冤枉的。他又曾和我们说,“暑假时一定来接我啊!”我们当时答应着;但现在已是第二个暑假了,他们还在迢迢的扬州待着。他们是恨着我们呢,还是惦着我们呢?妻是一年来老放不下这两个,常常独自暗中流泪;但我有什么法子呢!想到“只为家贫成聚散”一句无名的诗,不禁有些凄然。转儿与我较生疏些。但去年离开白马湖时,她也曾用了生硬的扬州话(那时她还没有到过扬州呢),和那特别尖的小嗓子向着我:“我要到北京去。”她晓得什么北京,只跟着大孩子们说罢了;但当时听着,现在想着的我,却真是抱歉呢。这兄妹俩离开我,原是常事,离开母亲,虽也有过一回,这回可是太长了;小小的心儿,知道是怎样忍耐那寂寞来着!

我的朋友大概都是爱孩子的。少谷有一回写信责备我。说儿女的吵闹，也是很有趣的，何至可厌到如我所说；他说他真不解。子恺为他家华瞻写的文章，真是“蔼然仁者之言”。圣陶也常常为孩子操心：小学毕业了，到什么中学好呢？——这样的话，他和我说过两三回了。我对他们只有惭愧！可是近来我也渐渐觉着自己的责任。我想，第一该将孩子们团聚起来，其次便该给他们些力量。我亲眼见过一个爱儿女的人，因为不曾好好地教育他们，便将他们荒废了。他并不是溺爱，只是没有耐心去料理他们，他们便不能成材了。我想我若照现在这样下去，孩子们也便危险了。我得计画着，让他们渐渐知道怎样去做人才行。但是要不要他们像我自己呢？这一层，我在白马湖教初中学生时，也曾从师生的立场上问过丏尊，他毫不踌躇地说，“自然啰。”近来与平伯谈起教子，他却答得妙，“总不希望比自己坏啰。”是的，只要不“比自己坏”就行，“像”不“像”倒是不在乎的。职业，人生观等，还是由他们自己去定的好；自己顶可贵，只要指导，帮助他们去发展自己，便是极贤明的办法。

予同说，“我们得让子女在大学毕了业，才算尽了责任。”SK 说，“不然，要看我们的经济，他们的材质与志愿；若是中学毕了业，不能或不愿升学，便去做别的事，譬如做工人吧，那也并非不行的。”自然，人的好坏与成败，也不尽靠学校教育；说是非大学毕业不可，也许只是我们的偏见。在这件事上，我现在毫不能有一定的主意；特别是这个变动不居的时代，知道将来怎样？好在孩子们还小，将来的事且等将来吧。目前所能做的，只是培养他们基本的力量——胸襟与眼光；孩子们还是孩子们，自然说不上高的远的，慢慢从近处小处下手便了。这自然也只能先按照我自己的样子；“神而明之，存乎其人”，光辉也罢，倒楣也罢，平凡也罢，让他们各尽各的力去。我只希望如我所想的，从此好好地做一回父亲，便自称心满意。——想到那“狂人”“救救孩子”的呼声，我怎敢不悚然自勉呢？

一九二八年六月廿四日晚写毕，北京清华园

（选自《朱自清全集》1卷，江苏教育出版社1988年5月版）

扫一扫，
收听有声版 ♫

儿女

——龙虫并雕斋琐语之十

王力

恰像有泥土的地方就有草木一样，有人群的地方就有儿女。除非你终身不结婚，否则哪怕你像姜太公八十一岁娶妻，也还可能在八十二岁来一对孪生儿女的！我们乡下最看不起独身主义的人，说是“十个鳏夫九个怪”，因为他得不到家庭的慰藉，就免不了性情孤僻，喜欢得罪人。结了婚之后，性情最孤僻的人也会变为风流蕴藉，和蔼可亲。假使有了配偶之后不生儿女，岂不是夜夜元宵，年年蜜月了吗？可惜的是，结了婚就不免要生儿女，生了儿女就不免要受儿女之累。如果你喜欢结婚而又怕生儿女，就等于喜欢吃鱼而又怕口腥。如果你结了婚而还想法子使自己不生儿女，就是既不体上天好生之德，又有负国家顾复之恩，简直是人类的蟊贼了。

话虽如此说，“也有辞官不想做，也有漏夜赶科场！”饱受儿女之累的人有时候虽不免想要学那郭巨埋儿，而世间不少无儿的伯道[①]却正在那里烧香许愿，希望送子观音来歆格[②]他那一只肥鸡和两斤熟肉。这也难怪，孙悟空学过多年，才学会了把身上的毫毛拔下来，化为千百个“行者”，而普通一个富于生殖力的人，不必学过，却会把比毫毛更微妙的东西去实行分身之术。假使平均每代生得三男二女的话，由一化五，由五化二十五，由二十五化一百二十五，这样下去，不到五代，两个人可以繁殖到几千个人之多。这样，非但分身有术，而且可说是长生不老，因为只要代代不绝嗣，我那比毫毛更微妙的东西，就永远生存于天地之间。说到这里，我们该明白所谓“传宗接祖”。拆穿了说，向送子观音烧香许愿的人，无非为的是要传自己的种子罢了。

儿女一生下来就要哭，这等于表示他们是为烦扰父母而来的。然而做父母的人非但不厌恶，而且爱听他们的哭声，据说是越哭得响亮越足以表示他们有光荣的将来。桓温之所以为“英物”，就因为他未周岁的时候很会哭。“我亦从来识英物，试教啼看定何如？”苏东坡这两句诗也是想从这哭的上头去恭维朋友生得好儿子。但是，尽管是贝多芬的名曲，天天听也会腻了的，何况小少爷或小姑娘的声音是那样单调呢？无可奈何，做爹娘的只好在那细嫩的小屁股上替那不大好听的melody[③]按拍子。如果

---

① 晋邓攸，字伯道，带儿子和侄子逃难，途中儿子死了，以至无嗣。

② 祭祀时鬼神享受祭品的气味。

③ 旋律。

你有两个小孩，那更糟了，有时候双音并奏，说是 duet[①] 罢，声音并不齐一；说是 harmony[②] 罢，声音也不谐和，只好说是乱弹。如果你有五个以上的小儿女，更可以来一个令人啼笑皆非的 chorus[③]。那时节，你恨不得数说送子观音的十大罪状，打碎了她的金身，焚毁了她的庙貌，方始甘心！

有小儿女的人，最好不要和人家同住在一个院子里。在你自己看来虽然是“癞痢头儿子自家好”，在人家看来，却处处都是讨厌的地方。且休说损坏了人家的东西，只说弄脏了人家的沙发，或把一只茶杯略为移动，那爱整洁的主人已经是感觉得不称心。尤其是在儿女对爹娘大闹特闹的时候，一个是“手执钢鞭将你打”，一个是“短笛无腔信口吹”。知道情由的人说是先吹后打，不打是觉得讨厌而已；不知道情由的人一定以为先打后吹，于是断定你的脾气太坏，野蛮，欠教育，你的名誉也因此受了损害了。

关于管教儿女，爹和娘往往不能采取同一的政策。普通说是“父严母慈”，实际上有些人家是“父慈母严”。无论谁慈谁严，每人心里一部不相同的 penalcode[④] 总是容易引起纠纷的。同是一件事，爹爹说该把小宝

---

① 二重唱。

② 和声。

③ 大合唱。

④ 刑法。

宝关在黑房里，妈妈说只该罚站五分钟；在另一个家庭里，妈妈要把阿毛打二十下手心，爹爹却认为应该特赦。再者，对于各儿女的爱憎，爹和娘也很难一致。并不一定是异母弟兄；我们往往看见同胞的沉香和秋儿[①]，也使爹娘演出“二堂训子”的趣剧。夫妇在儿女的管教上意见不合，因而反目，甚至于要闹离婚，并不是十分罕见的事。爱情的结晶也能伤爱情，摩登夫妇对于这种事是不能不好好地处理的。

但是，在管教的方法上尽有争论，而爱护儿女的总是一样的。当贾宝玉被打得皮开肉绽的时候，抱住板子的王夫人固然流泪，而执行家法的贾政也未尝不伤心。所谓“打在儿身，痛在娘心”至少在一般情形是如此。儒家悬为鹄的的“孝”字，很少有人做到，有人说疼爱后代即所以报答亲恩，亦即算是尽孝，这种“孝”就很多人能做到了。二十四孝当中的负米，怀桔，扇枕，打虎，卧冰求鲤，哭竹生笋，为了爹娘而做这些事未免面有难色，如果为了儿女，简直是虽万死而不辞。至于老莱子的斑斓彩衣娱高堂虽颇欠时髦，娱儿女则堪称洋化。据说从前法国的国王亨利第四在房里和他的儿女们嬉戏，四肢着地，把其中一个小孩驮在背上，恰巧西班牙的大使进来看见，诧异得很。亨利问道：“大使，你有小孩没有？”那大使答道：“有的，陛下。”亨利道：“既然如此，我可以在房里兜完这一个圈子了。”这种娱儿女的风气正值得我们提倡。

跟着疼爱的心理就产生了为儿女谋幸福的心理。尽管有人说：“儿孙

---

① 京剧《二堂训子》中前妻与后妻的孩子。

自有儿孙福，莫替儿孙作马牛。”但是，当此人说此话的时候，已经做了马牛不止一次！父母对于儿女的心情，简直是一种宗教：儿子就是一个如来佛，女儿就是一个观世音。其实这又何妨？国家需要的是壮丁，并不需要老朽，珍重地爱护二十年后的国家战士，正是未可厚非。假使有人提出“将慈作孝”的口号来，我是要举双手赞同的。

（选自《龙虫并雕斋琐语》，中国社会科学出版社1982年版）

孩 子

扫一扫，
♫ 收听有声版

梁实秋

兰姆是终身未娶的，他没有孩子，所以他有一篇《未婚者的怨言》收在他的《伊利亚随笔》里。他说孩子没有什么希奇，等于阴沟里的老鼠一样，到处都有，所以有孩子的人不必在他面前炫耀。他的话无论是怎样中肯，但在骨子里有一点酸——葡萄酸。

我一向不信孩子是未来世界的主人翁，因为我亲见孩子到处在做现在的主人翁。孩子活动的主要范围是家庭，而现代家庭很少不是以孩子为中心的。一夫一妻不能成为家，没有孩子的家像是一株不结果实的树，总缺点什么；必定等到小宝贝呱呱堕地，家庭的柱石才算放稳，男人开始做父亲，女人开始做母亲，大家才算找到各自的岗位。我问过一个并非“神童”的孩子：“你妈妈是做什么的？”他说：“给我缝衣的。”“你爸爸呢？”小宝贝翻翻白眼：“爸爸是看报的！”但是他随即更正说：“是给我们挣钱的。”孩子的回答全对。爹妈全是在为孩子服务。母亲早晨喝稀饭，买鸡蛋给孩子吃；父亲早晨吃鸡蛋，买鱼肝油精给孩子吃。最好的东西都要献呈给孩子，否则，做父母的心里便起惶恐，像是做了什么大逆不道的事一般。孩子的健康及其舒适，成为家庭一切设施的一个主要先决问题。这种风气，自古已然，于今为烈。自有小家庭制以来，孩子的地位顿形提高。以前的“孝子”是孝顺其父母之子，今之所谓“孝子”乃是孝顺其孩子之父母。孩子是一家之主，父母都要孝他！

“孝子”之说，并不偏激。我看见过不少的孩子，鼓噪起来能像一营兵；动起武来能像械斗；吃起东西来能像饿虎扑食；对于尊长宾客有如生番；不如意时撒泼打滚有如羊痫；玩得高兴时能把家俱什物狼藉满室，有如惨遭洗劫；……但是“孝子”式的父母则处之泰然，视若无睹，顶多皱起眉头，但皱不过三四秒钟仍复堆下笑容，危及父母的生存和体面的时候，也许要狠心咒骂几声，但那咒骂大部分是哀怨乞怜的性质，其中也许带一点威吓，但那威吓只能得到孩子的讪笑，因为那威吓是向来没有兑现过的。“孟懿子问孝，子曰：‘无违。’”今之“孝子”深韪是说。凡是孩子的意志，为父母者宜多方体贴，勿使稍受挫阻。近代儿童教育心理学者又有“发展个性”之说，与“无违”之说正相符合。

体罚之制早已被人唾弃，以其不合儿童心理健康之故。我想起一个外国的故事：

一个母亲带孩子到百货商店。经过玩具部，看见一匹木马，孩子一跃而上，前摇后摆，踌躇满志，再也不肯下来。那木马不是为出售的，是商店的陈设。店员们叫孩子下来，孩子不听；母亲叫他下来，加倍不听；母亲说带他吃冰淇淋去，依然不听；买朱古律糖去，格外不听。任凭许下什么愿，总是还你一个不听；当时演成僵局，顿成胶着状态。最后一位聪明的店员建议说："我们何妨把百货商店特聘的儿童心理学专家请来解围呢？"众谋佥同，于是把一位天生成有教授面孔的专家从八层楼请了下来。专家问明原委，轻轻走到孩子身边，附耳低声说了一句话，那孩子便像触电一般，滚鞍落马，牵着母亲的衣裙，仓皇遁去。事后有人问那专家到底对孩子说的是什么话，那专家说："我说的是：'你若不下马，我打碎你的脑壳！'"

这专家真不愧为专家，但是颇有不孝之嫌。这孩子假如平常受惯了不兑现的体罚，威吓，则这专家亦将无所施其技了。约翰孙博士主张不废体罚，他以为体罚的妙处在于直截了当，然而约翰孙博士是十八世纪的人，不合时代潮流！

哈代有一首小诗，写孩子初生，大家誉为珍珠宝贝，稍长都夸做玉树临风，长成则为非做歹，终至于陈尸绞架。这老头子未免过于悲观。但是"幼有神童之誉，少怀大志，长而无闻，终乃与草木同朽"——这确是个可以普遍应用的公式。"小时聪明，大时未必了了。"究竟是知言，然而为父母者多属乐观。孩子才能骑木马，父母便幻想他将来指挥十万貔貅时之马上雄姿；孩子才把一曲抗战小歌哼得上口，父母便幻想着他将来喉声一啭彩声雷动时的光景；孩子偶然拨动算盘，父母便暗中揣想他将来或能掌握财政大权，同时兼营投机买卖；……这种乐观往往形诸言语，成为炫耀，使旁观者有说不出的感想。曾见一幅漫画：一个孩子跪在他父亲的膝头用他的玩具敲打他父亲的头，父亲眯着眼在笑，那表情像是在宣告“看看！我的孩子！多么活泼，多么可爱！”旁边坐着一位客人裂着大嘴做傻笑状，表示他在看着，而且感觉兴趣。这幅画的标题是：“演剧术”。一个客人看着别人家的孩子而能表示感觉兴趣，这真确实需要良好的“演剧术”。兰姆显然是不欢喜演这样的戏。

孩子中之比较最蠢，最懒，最刁，最泼，最丑，最弱，最不讨人欢喜的，往往最得父母的钟爱。此事似颇费解，其实我们应该记得《西游记》中唐僧为什么偏偏欢喜猪八戒。

谚云：“树大自直”，意思是说孩子不需管教，小时恣肆些，大了自然会好。可是弯曲的小树，长大是否会直呢？我不敢说。

（选自《雅舍小品》，碧辉图书公司版）

给一个喜欢骑马的女孩

扫一扫，
♫ 收听有声版

秦 牧

我在这里写的是一封无法投递的信。

这个女孩叫什么名字，我并不知道。

她现在在什么地方，我也不知道。

甚至，说她是女孩，也是不贴切的。算起来，她现在应该有二十三四岁，是个大姑娘了。不过当我见她一面时，她还是个女孩。

我写这封信，是给她的（但愿她能够读到），也是给某个年纪的一代人的。因为无法投递，只好拿到杂志上来发表了。

我想写这封信，已经有十多年的时间了，构思一部小说，有时也未必需要花费这么悠长的光阴。但是，我很久没有下笔，因为回忆是痛苦的，追述这些令人怆神的往事，滋味并不好受。但是不写吗，这类事件又不断咬啮着自己的心灵。虽然欲说还休，结果还是想把鲠在喉咙的这根鱼刺吐掉。

我已经写了一页纸了，人们读来可能还不知道我究竟想说什么。为了让看到这封信的所有的人弄清楚，我得把事情从头说起。

一九六七年，也就是所谓“文化大革命”开始的第二年，我们这些住在“牛栏”（北方则叫做“牛棚”）的被审查的人，正在过着苦难的日子。自从报上捏造了一大堆罪名，把我化装成一个魔鬼以后，连我自己也不知道我究竟给塞到什么地方去，我的日子就很不好过了。几千人冲进我的住宅，把门捶烂了，把一些较好的用具抢走了。那个家庭我已无法容身了，我们，即所谓“审查对象”，集中住到机关，受着无休无止的凌辱和斗争。我们上街，有人来剪我们的头发和衣裳。我们在院子里扫地，幼儿园的小娃娃要围着我们唱辱骂的歌，因为阿姨教育他们这就是“突出政治”。我们到街上劳动，有人呼喊“打倒”！人们围观着，像看非洲或者苏门答腊新到的猩猩一样。我们在旷地上用锤子砸砖，偶一离开休息，又有人把死老鼠丢在我们的凳子上，使我们无法再坐下去。总之，一切事情都变得光怪陆离、奇形怪状了。这使我想起第二次世界大战的时候，纳粹的飞机炸烂了英国一座疯人院的围墙，成群疯子涌了出来，对着汽车和行人伸舌头，摇脑袋，手舞足蹈，怪声高叫的情景。当时，中国的疯人院大概也已经崩了围墙，社会上才会出现那么多令人触目惊心、完全莫测高深的景象。自然，到了现在，我们生活里又有了阳光，因此我可以如实来描述这一切。如果是在那个不幸的岁月，仅仅是实事求是地写下客观事物的真相，就足够招惹一排子弹贯穿我的胸膛了。当时，我遭受了自从在小学伸出手掌来给老师打掌以后四十年从未受过的侮辱，只觉得中国的一切都突然变得不可理解起来。我默默地把一首诗写在自己的心头，里面有两句是："沉默十年观世变，看它大地走龙蛇。"而自已，也忽地变成一个非常沉默的人了。

自然，那时我们并不知道历史以后将怎样发展；也不知道在现实的幕布后面，有什么宏伟计划或阴谋诡计在进行。不知道一批老革命家，包括国家主席和若干元帅的遭遇，比我们这些区区之辈所遭受的还要悲惨千百倍。自然，更不知道，当时高高在上，指手划脚，操着无数人生杀予夺大权的人物中有人要声望一落千丈，以至变成蒙古草原的骨炭和历史上的狗屎堆。但是有一点我是清楚不过的，那就是：这种百般凌辱老干部的局面，不管有人怎样张开喉咙声嘶力竭大喊"就是好，就是好"，"大方向始终是正确的"，历史必将给它一个公正的裁判和严厉的答案。同时，如果说还有什么领悟的话，我也还明白了：为什么有那么多人情愿自杀，因为死有时是比活着要幸福得多了。在那个不幸的年代，和我握过手、谈过话的人约莫自杀了二十人。连我也一只脚跨上了自杀的门槛，几乎第二只脚也跨过去了。至于我不认识的人自杀了多少，我可就无法统计。至于不是自杀，而是各种各样方式的"不正常死亡"的人究竟有多少，就更不是我所知道的了。我想，甚至国家统计部门也未必知道。

我这里只是轻描淡写一下当时的气氛，详细描写那段悲惨岁月的情景，得有几部大书才行。我所以得描述一下那种情景，因为，我要写信给她的那个女孩的行动，就是在这样的环境和气氛中产生的。

一天，我们被用卡车运到一个地方（我记得那个地方叫做区庄五号）去劳动。那里有二十幢屋子，我们一行，即所谓“被审查的人”被送到那里去，把家具、报纸，从一间屋子搬到另一间屋子。我们把一叠叠报纸，搬了又搬，从甲楼搬到乙楼，一阵子工夫，灰尘就把我们的衣服染污了，我们的喉咙也给呛住了。在我们精疲力竭，休息一阵子的当儿，你，一个样子长得很清秀的小姑娘走到我们身旁。

你端详了我们一阵子，明白这是一群可以任意笑骂的人。我不知道你为什么知道我的名字，你忽然高喊起来：“秦牧，你做马让我骑一骑！”我不知道你为什么会想到这样的玩意，是看过什么人物的传记，说他们曾伏身当马，让孩子们骑着玩呢，还是看过表现西藏农奴生活的影片，里面有过奴隶主要农奴跪在地上，让他踏着骑到马背上的一幕？我当场作色拒绝了，于是你突然凶恶起来，抢上前来夺我的眼镜，把它抛到地上，然后悻悻地走了。

我们的相见和关系，就是这么一会儿，前后也不过二十分钟。但是，非常奇怪，你的微笑，你的凶恶，竟长期留在我的心头。

这对我自然是个侮辱，但是，在那个年头，这也不算太了不起的侮辱。而且，事实上，你也并没有真正骑到我的背上。那时候，我知道有大量希望把国家搞好、心地善良的好人，被人愚弄了。但我也见到一些凶恶狰狞、心术不正的人。对于后者，我并不怎样去回忆他们。我以为，如果他们一步步走下去，法律是会来管束他们的吧！历史的发展，生活的逻辑，终究也是会给他们一点教训的吧！但是，你这个小姑娘以后发展怎样，却常常使我思念。我自己问自己：为什么总爱想这件事，是不是很恨这个小姑娘？我自问自答，毕竟找到了答案。我总爱想起它，并非由于特别的恨，很奇怪，事后我只觉得可笑可悲，竟没有恨意了。我一步步地追问自己之后，终于想到：这件事始终使我萦回心头，实际并不是对你，而是对于一个世代的儿童，在那年头所受到的恶劣影响的感叹和忧虑。

当时，中国是怎么一个面貌呢？似乎已经不是无产阶级专政，而是一批青少年在专政。或者，说是有几个玩傀儡戏似的人物，藏身在一个权力系统里面，假手一批青少年出面专政也可以。我知道，在那些日子里，一些青少年用石子打瞎人家的眼睛，随便打烂人家的玻璃窗，以至于用剪刀剪坏人家的衣裳，更甚的，发明各种私刑，例如把人家的脑袋按进水里，直至把人呛死，都是竟然可以无罪的。

这种风气，对于整整一个世代的青少年的败坏，该有多么可怕！亲自动手做的，看人家做的，这样的青少年，该有一个很大很大的数量吧？他们长大以后，会变成怎样的人呢？把虐人取乐，目无法纪，当做家常便饭的人，不愿改正的话，将会变成怎样的角色呢？

那时候，老早就有人预见到：青少年犯罪问题，将会成为中国的严重问题。他们不幸而言中了。一颗彗星拖着一条长长的尾巴，一个历史的大悲剧也拖着一条长长的尾巴，它是由许许多多的社会小悲剧构成的。

人们常常痛骂林彪、“四人帮”一伙，他们对许多中年人、老年人进行了残酷的迫害。但是，实际上，青少年被败坏、受创伤的程度，甚至超过老年人。有一些青年人后来走上了无恶不作、杀人越货的道路，在他们被押上刑场处决的当儿，也还没有想到：是一只什么黑手挑起了他们的兽性，把他们推上这条死路的。这事情常常使我想到这么一幕情景：当大风刮起的时候，把树上的鸟巢掀了下来。巢里的小鸟跌死了，它们实际上羽毛尚未丰满，甚至还没有开眼。

比喻是蹩脚的。情节恶劣的犯罪分子当然罪有应得，但是某些人的情形，和这种未曾开眼的小鸟被大风掀下来，不也略有相似之处吗！

喜欢骑马的小姑娘！我不知道你现在长得怎样了？也许你已经觉悟过来，清除了那种种恶劣的影响，成为一个品行良好、工作积极的青年。也许你已经走上犯罪的道路，讲一口粗言秽语，成为一个放浪形骸，对什么都漠不关心，只对吃喝玩乐感到兴趣的角色。你也许对要求别人伏地当马给你乘骑的事已经完全忘却，星期天高高兴兴去逛公园，快快乐乐地在谈恋爱了。但也许你还记得那一回事，有时也偶尔有点内疚的心情。我对这一切已经无从获知了。因为即使在火车上、戏院里，我们有机会坐在一起，岁月如流，你我也都已互不认识了。

我希望你会成长为一个较好的人，人间高尚的思想能够照进你的心胸。那么我写这封信，也就有一丁点儿价值。高尚的，能够爱人民，爱真理，爱正义的思想并不是每个人都有的；即使这个人在经济地位上属于人民内部也罢。有一些人，崇高思想的光辉从来不曾在他的脑海里闪亮过，就像深深的黑暗岩洞，从来没有照进过阳光一样。有些人，为什么早上还是人民一分子，晚上就成了人民凶恶的敌人呢？原因就在这里。

剥削阶级社会是一个把剥削、掠夺、骑在别人脖子上、不管别人死活当做金科玉律的社会。长期的剥削阶级社会形成了严重的影响，使许多人把侵害他人正当生存权利视为家常便饭，把欣赏别人的痛苦当做文娱生活。历史上密密麻麻记载了吃人肉、剥人皮，用人家的头盖骨做碗子，用人皮、人头做美术品一类的事情。在这样的社会里，虐待狂表现于许许多多方面，以至于渗透到人们日常生活中去。我幼年时看到：当元宵舞龙的时候，有钱人把燃着了的爆竹，投向赤裸着上体舞龙的汉子身上取乐的情景，心里感到非常痛苦。长大以后，我才知道这类的娱乐遍及全世界。斗牛、拳击、不设网具的“空中飞人”游戏，把原本正常的人折磨成畸形人到处去展览之类就是。如果在斗牛场上有一个斗牛士被牛角戳得鲜血淋漓了，拳击场上有一个拳师给活活殴毙了，观众中就必有一批卑鄙的狂热分子感到格外兴高采烈。就正像古代罗马的奴隶主坐在斗兽场上欣赏狮子把人吃掉一样。流风余韵，它一直影响到现在。在一个封建影响严重的国家，野蛮习俗就更有势力。剥削阶级的代表者是用这种娱乐来陶冶自己的“性灵”的。就正像小猫玩弄绒线球有利于锻炼捕鼠本领一般。党领导人民推翻了旧社会，建立了新社会之后，这种历史遗留下来的恶习被清除了不少，但是仍然支配着相当数量的人。在中国当代史上不幸的血腥十年之间，无数的悲剧和这一点有密切的关连。许多人仗着当时奇特的政治环境，可以任意胡为，就无所不用其极地发展自己的虐待狂了。尽管我自己并没遭受很大的肉体上的痛楚，但是当时出现的惨剧，即使仅仅就我所听到的，我都无力描绘它。我只能够说：它和中世纪式的野蛮事物，比较起来，竟毫不逊色。

你也许会说，那时是在“审查”呀，“革命不是绣花”呀，什么什么的。革命固然不是绣花，但革命更不是兽性的发泄。如果可以任意用中世纪式的酷刑来对待被横加上莫须有罪名的革命干部，持有这样观念的人，他们本身究竟是什么人，倒是值得我们大加注意了。一声“审查”，就可以如狼似虎，穷凶极恶，草菅人命，行同匪特，这样的人究竟是什么货色呢？历史图穷匕现了，大肆推行这么一套丑恶东西的家伙，如林彪、“四人帮”之辈，后来纷纷露出了原形，他们本身原来正是人民真正的凶恶敌人。

我对我们正在向现代化进军的社会是有一个隐忧的。一些极其残酷的暴虐者，草菅人命者，在他们发挥了他们的兽性，以打手的姿态对待革命者，殴人致死，使人残废以后，像狼把尾巴塞进腿缝，又化装成“狼外婆”一样，到处去敲门了。他们化装成个没事人一般，继续在充当“革命者”。这样的“革命者”，是多么可怕呵！这些人是中国社会的肿瘤细胞。我深深为祖国的肌体上有这种肿瘤细胞而忧心忡忡。听说，欧洲一个马戏团有一次逃出了一只熊，这熊是会穿着妇女衣服，挎个篮子演戏的。它逃出去的时候，也是这么一个扮相，以至于人们在路上和它相遇，不禁大吃一惊。这种刽子手式的，不是一般轻度粗暴的人物，我觉得和这么一只混入人丛的熊很相似。只是从它的数量和扮相来说，更加令人可怕罢了。

喜欢骑马的姑娘，我写这封信给你，是什么意思呢？无它，希望你，以及和你类似的一代，曾经呼吸过那血腥岁月的毒尘的人，能够认识那种毒尘的来源和性质，自觉清除它们，这才有利于成长为一个健康的人。我不相信一个丝毫没有革命人道主义精神的人会是一个共产主义者（他既不把别人的死活和正当的生存权利当做一回事，他何必去为广大人民的幸福奋斗呢）！即使把我打死我也不会相信。我也不相信共产主义可以不包括革命人道主义，不包括革命人道主义的共产主义是怎么一种东西，我半点也不了解。

“人道主义”在我们的国家里，是一个曾经横遭践踏，蒙受耻辱的字眼，有人把它都推给资产阶级了。这些论客真是资产阶级最好的捧场者！为什么可以有资产阶级的人道主义，就不可以有无产阶级的人道主义呢？可以有虚伪的人道主义，就不可以有真正的革命的人道主义呢？

十年的血腥教训，我越发认识到革命人道主义这六个大字的熠熠光辉。

和这个字眼相对立的，该是兽道主义吧！

我尽力保持平静来写这封信，但是，在你们看来，可能仍然感到我有点激动。这是一点也不奇怪的。因为，毕竟我是血肉之躯的人，有思想、有感情，不是一个木偶，也不是一块石头。

一九八〇年

（选自《秦牧自选集》，花城出版社1984年版）

扫一扫，
收听有声版♫

风筝

鲁迅

北京的冬季，地上还有积雪，灰黑色的秃树枝丫叉于晴朗的天空中，而远处有一二风筝浮动，在我是一种惊异和悲哀。

故乡的风筝时节，是春二月，倘听到沙沙的风轮声，仰头便能看见一个淡墨色的蟹风筝或嫩蓝色的蜈蚣风筝。还有寂寞的瓦片风筝，没有风轮，又放得很低，伶仃地显出憔悴可怜模样。但此时地上的杨柳已经发芽，早的山桃也多吐蕾，和孩子们的天上的点缀相照应，打成一片春日的温和。我现在在哪里呢？四面都还是严冬的肃杀，而久经诀别的故乡的久经逝去的春天，却就在这天空中荡漾了。

但我是向来不爱放风筝的，不但不爱，并且嫌恶他，因为我以为这是没出息孩子所做的玩艺。和我相反的是我的小兄弟，他那时大概十岁内外罢，多病，瘦得不堪，然而最喜欢风筝，自己买不起，我又不许放，他只得张着小嘴，呆看着空中出神，有时至于小半日。远处的蟹风筝突然落下来了，他惊呼；两个瓦片风筝的缠绕解开了，他高兴得跳跃。他的这些，在我看来都是笑柄，可鄙的。

有一天，我忽然想起，似乎多日不很看见他了，但记得曾见他在后园拾枯竹。我恍然大悟似的，便跑向少有人去的一间堆积杂物的小屋去，推开门，果然就在尘封的什物堆中发见了他。他向着大方凳，坐在小凳上；便很惊惶地站了起来，失了色瑟缩着。大方凳旁靠着一个胡蝶风筝的竹骨，还没有糊上纸，凳上是一对做眼睛用的小风轮，正用红纸条装饰着，将要完工了。我在破获秘密的满足中，又很愤怒他的瞒了我的眼睛，这样苦心孤诣地来偷做没出息孩子的玩艺。我即刻伸手折断了胡蝶的一支翅骨，又将风轮掷在地下，踏扁了。论长幼，论力气，他是都敌不过我的，我当然得到完全的胜利，于是傲然走出，留他绝望地站在小屋里。后来他怎样，我不知道，也没有留心。

然而我的惩罚终于轮到了，在我们离别得很久之后，我已经是中年。我不幸偶而看了一本外国的讲论儿童的书，才知道游戏是儿童最正当的行为，玩具是儿童的天使。于是二十年来毫不忆及的幼小时候对于精神的虐杀的这一幕，忽地在眼前展开，而我的心也仿佛同时变了铅块，很重很重的堕下去了。

但心又不竟堕下去而至于断绝，他只是很重很重地堕着，堕着。

我也知道补过的方法的：送他风筝，赞成他放，劝他放，我和他一同放。我们嚷着，跑着，笑着。——然而他其时已经和我一样，早已有了胡子了。

我也知道还有一个补过的方法的：去讨他的宽恕，等他说，“我可是毫不怪你呵。”那么，我的心一定就轻松了，这确是一个可行的方法。有一回，我们会面的时候，是脸上都已添刻了许多“生”的辛苦的条纹，而我的心很沉重。我们渐渐谈起儿时的旧事来，我便叙述到这一节，自说少年时代的胡涂。“我可是毫不怪你呵。”我想，他要说了，我即刻便受了宽恕，我的心从此也宽松了罢。

“有过这样的事么？”他惊异地笑着说，就像旁听着别人的故事一样。他什么也不记得了。

全然忘却，毫无怨恨，又有什么宽恕之可言呢？无怨的恕，说谎罢了。

我还能希求什么呢？我的心只得沉重着。

现在，故乡的春天又在这异地的空中了，既给我久经逝去的儿时的回忆，而一并也带着无可把握的悲哀。我倒不如躲到肃杀的严冬中去罢，——但是，四面又明明是严冬，正给我非常的寒威和冷气。

一九二五年一月廿四日

（选自《鲁迅全集》2卷，人民文学出版社1981年版）

颓败线的颤动

扫一扫，
♫ 收听有声版

鲁 迅

我梦见自己在做梦。自身不知所在，眼前却有一间在深夜中紧闭的小屋的内部，但也看见屋上瓦松的茂密的森林。

板桌上的灯罩是新拭的，照得屋子里分外明亮。在光明中，在破塌上，在初不相识的披毛的强悍的肉块底下，有瘦弱渺小的身躯，为饥饿，苦痛，惊异，羞辱，欢欣而颤动。弛缓，然而尚且丰腴的皮肤光润了；青白的两颊泛出轻红，如铅上涂了胭脂水。

灯火也因惊惧而缩小了，东方已经发白。

然而空中还弥漫地摇动着饥饿，苦痛，惊异，羞辱，欢欣的波涛……。

“妈！”约略两岁的女孩被门的开阖声惊醒，在草席围着的屋角的地上叫起来了。

“还早哩，再睡一会罢！”她惊惶地说。

“妈！我饿，肚子痛。我们今天能有什么吃的？”

“我们今天有吃的了。等一会有卖烧饼的来，妈就买给你。”她欣慰地更加紧捏着掌中的小银片，低微的声音悲凉地发抖，走近屋角去一看她的女儿，移开草席，抱起来放在破榻上。

“还早哩，再睡一会罢。”她说着，同时抬起眼睛，无可告诉地一看破旧的屋顶以上的天空。

空中突然另起了一个很大的波涛，和先前的相撞击，回旋而成旋涡，将一切并我尽行淹没，口鼻都不能呼吸。

我呻吟着醒来，窗外满是如银的月色，离天明还很辽远似的。

我自身不知所在，眼前却有一间在深夜中紧闭的小屋的内部，我自己知道是在续着残梦。可是梦的年代隔了许多年了。屋的内外已经这样整齐；里面是青年的夫妻，一群小孩子，都怨恨鄙夷地对着一个垂老的女人。

“我们没有脸见人，就只因为你，”男人气忿地说。“你还以为养大了她，其实正是害苦了她，倒不如小时候饿死的好！”

“使我委屈一世的就是你！”女的说。

“还要带累了我！”男的说。

“还要带累他们哩！”女的说，指着孩子们。

最小的一个正玩着一片干芦叶，这时便向空中一挥，仿佛一柄钢刀，大声说道：

“杀！”

那垂老的女人口角正在痉挛，登时一怔，接着便都平静，不多时候，她冷静地，骨立的石像似的站起来了。她开开板门，迈步在深夜中走出，遗弃了背后一切的冷骂和毒笑。

她在深夜中尽走，一直走到无边的荒野；四面都是荒野，头上只有高天，并无一个虫鸟飞过。她赤身露体地，石像似的站在荒野的中央，于一刹那间照见过往的一切：饥饿，苦痛，惊异，羞辱，欢欣，于是发抖；害苦，委屈，带累，于是痉挛；杀，于是平静。……又于一刹那间将一切并合：眷念与决绝，爱抚与复仇，养育与歼除，祝福与咒诅……。她于是举两手尽量向天，口唇间漏出人与兽的，非人间所有，所以无词的言语。

当她说出无词的言语时，她那伟大如石像，然而已经荒废的，颓败的身躯的全面都颤动了。这颤动点点如鱼鳞，每一鳞都起伏如沸水在烈火上；空中也即刻一同振颤，仿佛暴风雨中的荒海的波涛。

她于是抬起眼睛向着天空，并无词的言语也沉默尽绝，惟有颤动，辐射若太阳光，使空中的波涛立刻回旋，如遭飓风，汹涌奔腾于无边的荒野。

我梦魇了，自己却知道是因为将手搁在胸脯上了的缘故；我梦中还用尽平生之力，要将这十分沉重的手移开。

一九二五年六月廿九日

（选自《鲁迅全集》2卷，人民文学出版社1981年版）

老实说了吧

刘半农

老实说了吧，我回国一年半以来，看来看去，真有许多事看不入眼。当然，有许多事是我在外国时早就料到的，例如康有为要复辟，他当然一辈子还在闹复辟；隔壁王老五要随地唾痰，他当然一辈子还在哈而啵；对门李大嫂爱包小脚，当然她令爱小姐的鸭子日见其金莲化。

但如此等辈早已不打在我们的账里算，所以不妨说句干脆话，听他们去自生自灭，用不着我们理会。若然他们要加害到我们——譬如康有为的复辟成功了，要叫我们留辫子，“食毛践土”——那自然是老实不客气，对不起！

如此等辈既可以一笔勾消，余下的自然是一般与我们年纪相若的，或比我们年纪更轻的青年了。

我不敢冤枉一般的青年，我的确知道有许多青年是可敬，可爱，而且可以说，他们的前途是异常光明的，他们将来对于社会所建立功绩，一定是值得纪录的。

但我并不敢说凡是中国的青年都是如此，至少至少，也总可以找出一两个例外来。

我所说看不入眼的，就是这种的例外货。

瞧，这就是他们的事业：

功是不肯用的，换句话说，无论何种严重的工作，都是做不来的。旧一些的学问么，那是国渣，应当扔进毛厕；那么新一些的罢，先说外国文，德法文当然没学过，英文呢，似乎识得几句，但要整本的书看下去，可就要他的小命。至于专门的学问，那就不用提，连做敲门砖的外国文都弄不来，还要说到学问的本身么？

事实是如此，而“事业”却不可以不做，于是乎轰轰烈烈的事业就做了出来了。

文句不妨不通，别字不妨连篇，而发表则不可须臾缓，

有什么了不得的东西可以发表呢？有！——

悲哀，苦闷，无聊，沉寂，心弦，蜜吻，A 姊，B 妹，我的爱，死般的，火热的，热烈地，温温地，……颠而倒之，倒而颠之，写了一篇又一篇，写了一本又一本。

再写一些，

好了

悲哀，苦闷，无聊……又是一大本。

然而终于自己也觉得有些单调了，于是乎骂人。

A 是要不得的；B 从前还好，现在堕落的不可救药的了；再看 C 罢，我说到了他就讨厌，他是什么东西！……这样那样，一凑，一凑又是一大本。

叫悲哀最可以博到人家的怜悯，所以身上穿的是狐皮袍，口里咬的是最讲究的外国烟，而笔下悲鸣，却不妨说穷得三天三夜没吃着饭。

骂人最好不在人家学问上骂，因为要骂人家的学问不好，自己先得有学问，自己先得去读书，那是太费事了。最好是说，这人如何腐败，如何开倒车，或者补足一笔，这人的一些学问，简直值不得什么，不必理会。这样，如其人家有文章答辩，那自然是最好；如其人家不睬，却又可以说，瞧，不是这人给我骂服了！总而言之，骂要骂有名一点的，骂一个有名的，可以抵骂一百个无名的。因为骂人的本意，只是要使社会知道我比他好，我来教训他，我来带他上好的路上去。所以他若是个有名人，我一骂即跳过了他的头顶。

既然是“为骂人而骂人”，所以也就不妨离开了事实而瞎骂。我要骂 A 先生的某书是狗屁，实际我竟可以不知道这书是一本还是两本。我要骂 B 先生住了高大洋房搭臭架子，实际他所住的尽可以是简陋的小屋——这也是他的错，他应当马上搬进高大洋房以实吾言才对。

哎哟，算了吧，我对于此等诸公，只有“呜呼哀哉”四字奉敬。

你们口口声声说努力于这样，努力于那样，实际你们所努力的只是个“无有”。

你们真要做个有用的青年么？请听我说：

第一，你们应当在诚实上努力，无论道德的观念如何变化，却从没有把说谎当作道德的信条的。请你们想想，你们文章中，自假哭以至瞎跳瞎骂，能有几句不是谎？

第二，你们要做人，须得好好做工，懒惰是你们的致命伤。你要到民间去么，掮上你的锄头；你要革命么，掮上你的枪；你要学问么，关你的门，读你的书；你要做小说家做诗人么，仔细的到社会中去研究研究，用心看看这社会，是不是你们那一派百写不厌的悲哀，苦闷，无聊，……等滥调所能描写得好，发挥得好的。再请你看一看各大小说家大诗人的作品，是不是你们的那一路货！

算啦，再说下去也自徒然，我又何必白费？新年新岁，敬祝诸君好自为之！

十六年一月十日北京

（选自《刘半农文选》，人民文学出版社1986年版）

“老实说了”的结束

扫一扫，
♫ 收听有声版

刘半农

关于《老实说了》的文章，登到昨天已登了十八篇了。剩下的稿子虽然还有三五篇，却因内容大致是相同的，不打算发表了。（只有杜棠君的一篇《为老实说了罢注释》，说我之所以要做“老实说了罢”，由于《幻洲》第六期中潘某骂我之不根据事实，意想似乎别致些。其实这个揣想是不尽真确的。潘某之骂人，并不必到了第六期中才没有根据事实。他说我的《扬鞭集》用中国装订是钉徐志摩的梢，早就大错。新书用旧装，起于我的《中国文法通论》。这书出版于民国八年。并不像宋板元版那样渺茫，而潘某竟没有看见，是诚不胜遗憾之至！）

登了这么些的文章，要说的话似乎都已给人家说尽，我要再说几句，的确很难。但不说几句又不好，无可如何，只能找几句人家没有说过的话说一说。

我说：这回的讨论，结果是当然不会有的。但结果尽可以没有，而能借此对于青年们的意志作一番测验工夫，也就不能说不上算。

于是，我就不得不对于干脆老实的蒋缉安先生大表敬意了。他痛痛快快的说：书不必读，更不要说整本整本；要做文艺创作家，舍堆砌辞头而外无他法；描写或记载事物，态度不必诚实。这种的话，要是“青年”们早就大书特书的宣布出来，我们也早就把他们认清了。不幸他们没有，直到我的文章出现了才由蒋先生明白说出，虽然迟了一点，究竟还是我们的运气。

不过，在这一点上，我对于我的老朋友岂明先生不免要不敬一下。他以为我的话是老生常谈，同吃饭必须嚼碎一样普通；他看见了蒋先生的话，不要自认为常识不够吗?

在隐名于“太乙老人”的人的一篇文章（见《每日评论》）里，我们发见了“真天足”“假天足”两个名词。这尽可以不必加以辩正，因为名与实，究竟是两件事，你尽可以自己题上个好名，再给别人加上个恶名，这种名称适合与否，自有事实在那里说话。

同在这一篇文章里，我们看见了“来，教训你”这一句话。果然，我在这一篇文章里，以及他的同党诸君的文章里，得到了不少的教训。

第一，便是岂明所说的，不捧且不可，何况是骂。所以我们应当注意，现在的青年们，比前清的皇帝还要凶得多。

第二，因为要骂鲁迅，所以连厨川白村也就倒了霉；因为要骂我，所以连《茶花女》一书也就打在“一类的东西”里算账。皇帝时代的株连，“三族”也罢，“九族”也罢，总只限于亲族，此刻却要连累到所译的书，或所译的书的作者。最好我们还是不译书罢，因为我们译了书而带累原作者挨骂，未免罪过。

第三，我说的是“功是不肯用的”，这分明与肯用功而景况不能用功者无关。但是，人家偏没有看见“肯”字，偏要说：“俺同情于那般要求知识而得不着知识的青年”，偏要说：“有多少青年已经衣不蔽体，饥不得食，这就是你所骂的青年们。”这就是“真天足”的青年们的辩论上的战略！

而况，现在中国的环境，真已恶得绝对不能读书了么？这话我也有些怀疑。我只觉得肯读书的人，环境坏了，只是少读些便了，决不至于完全不读；不肯读书的人，环境坏时固然可以咒骂着环境而说不能读，到环境好时可以赞咏着环境而说不必读，真所谓：

春天不是读书天，
夏日炎炎正好眠。
秋有蚊虫冬有雪，
收拾书包好过年。

与其这样忸怩说出许多理由来，还不如蒋缉安先生大刀阔斧的说声不要读，倒还真有些青年的精神。

第四，现在的博士与大学教授两个名词，大约已经希臭不可当的了。所以，做文章称别人为博士，为教授，也不失为一种武器。所可异者，博士和教授都是大学里生产出来的。他一方面在咒骂博士教授之要不得，一方面又并不说大学之要不得，反在说“北京大学成了个什么模样”。但是，这有什么要紧呢，说话本来就是自由的！

第五，蒋缉安先生既已说了不要读书，却没有替青年们的一本一本的文艺创作加上一条。但书，似乎是个小小的缺漏。因为，若说这一本一本的不是给人家读的，请问出了有什么用；若说是给人家读的，读的人就首先破了青年们的读书戒，这不是进退两难么？

第六，蒋先生要我证明林肯之有伟大成绩，由于多读书。这当然是做不到的，因为林肯读的书，的确不多，可惜蒋先生不赞成读书，我不敢请他翻书；世间若有赞成读书的“妄人”，只须把《英国百科全书》第十六卷第七〇三页翻一翻，就可以看见林肯如何在困苦艰难之中要想读书，他那时书本如何缺少，教员如何缺少——他那时的环境，才真可以说是没法读书的环境——而他到底因为要读书的缘故，虽然读得不多，终还读了几本，而且读的很好。但是，“文艺家啊，不是书记官”，这种的事实也尽可以不管。

听见说到林肯的名字，自然应当欢喜赞叹的。美国只有一个林肯，已替全美国人吐气不少。现在我国有了一群群一队队的林肯，加之以一群群一队队的尼采，这是何等值得恭喜的事啊！

第七，我七八年前名字是不是叫“伴”侬，似乎并不像洪荒以前的事一样难考。第一次人家硬派我叫伴侬，我说：这是事实么？不料他第二次还是横一声伴农，竖一声伴侬，而且说我已经承认了。在这一点小事上，也就可以看得出青年们在论辩上所用的特别方法。若说他头脑不清，当然不是；许是喝了“葡萄酒”有点“微醺”罢。

第八，“《新青年》在中国思想史上曾占据了一个时期”这一句话，《新青年》同人万万当不起。看他把“纸冠”硬戴在人家头上，而随即衬托出自吹自打的文章来，技术何等高妙；可惜究竟不大朴素，不如把“真天足”的青年运动倒填年月，使“假天足”的人消灭于无形，这就分外有声有色了。

够了，“教训”受够了。

我这篇东西发表以后，凭他们再有什么“教训”，我一概敬谨领受。若是他们不用文字而用图画，如已经画过的拉屎在人头上及拉屎在书面上之类，我也一概尊而重之，决不把它看作墙壁上所画的乌龟，或所写的“王三是我而子”。

附言

有许多人不满意于我第二篇的《为免除误会起见》，说我被他们一骂而害怕。其实我第二篇文章登出之后他们还在骂。如果我怕，为什么不“再为免除误会起见”“三为免除误会起见”呢？我的意思，只是恐怕感情话人家听不进，不如平心静气说一说。平心静气说了，人家还是听不进，那我还要说什么？我不但要将第二篇文章取消，便连第一篇也要取消，因为对于这等人无话可说。“不可与言而与之言，失言。”我没有孔老先生“知其不可为而为之”的美德，所以最后只能拿出我的“作揖主义”来了。

十六年一月廿八日北京

（选自《刘半农文选》，人民文学出版社1986年版）

何 必

扫一扫，
♫ 收听有声版

周作人

半农前天因为“老实说了”，闯下了弥天大祸，我以十年老友之谊很想替他排解排解，虽然我自己也闯了一点小祸，因为我如自由批评家所说“对于我等青年创作青年思想则绝口不提。”夫不提已经有罪，何况半农乃“当头一棒”而大骂乎？然则半农之罪无可逭已不待言，除静候自由批评之节钺（Fasces）降临之外还有什么办法？排解又有什么用处？我写这几句话，只是发表个人的意见，对于半农的老实说略有所批评或是劝告罢了。

《老实说了吧》的这一张副刊，看过后搁下，大约后来包了什么东西了，再也找不着，好在半农在《为免除误会起见》里已经改正前篇中不对的话句，将内容重新写出，现在便依照这篇来说，也就可以罢。半农的五项意见，再简单地写出来，就是这样：

一，要读书。

二，书要整本的读。

三，做文艺要下切实的工夫。

四，态度要诚实。

五，批评要根据事实。

对于这五项的意见我别无异议，觉得都可以赞成。但是，我对于半农特地费了好些气力，冒了好些危险去提出这五条议案来的这一件事，实在不能赞成。第一，这些“老生常谈”何必再提出来？譬如“读书先要识字”，“吃饭要细嚼”等等的话，实在平凡极了，虽然里边含著一定的道理，不识字即不能读书，狼吞虎咽地吃便要不消化，证据就在眼前，但把这种常识拿出来丁宁劝告，也未免太迂了。第二，半农说那一番话的用意我不很能够了解。难道半农真是相信“以大学教授的身份加上博士的头衔”应该有指导（或提携）青年的义务？而且更希望这些指导有什么效力么？大学教授也只是一种职业，他只是对于他所担任的学科与学生负有责任，此外的活动全是个人的兴趣，无论是急进也好缓进也好，要提携青年也好不提携也好，都是他的自由，并没有规定在聘任书上。至于博士，更是没有关系，这不过是一个名称，表示其人关于某种学问有相当的成绩，并不像凡属名为“儿子”者例应孝亲一样地包含着一种意义，说他有非指导青年不可的义务。我想，半农未必会如此低能，会这样地热心于无聊的指导。还有一层，指导是完全无用的。倘若有人相信鼓励会于青年有益，这也未免有点低能，正如相信骂倒会于青年有害一样。一个人到了青年（十五至二十五岁），遗传，家庭学校社会，已经把他安排好了，任你有天大的本领，生花的笔和舌头，不能改变得他百分之一二，就是他改变得五厘一分，这也还靠他本来有这个倾向，不要以为是你训导的功劳。基督教无论在西洋传了几百年之久，结果却是无人体会实行，只看那自称信奉耶教的英国的行为，五卅以来的上海，沙基，万县，汉口各地的蛮行，可以知道教训的力量是怎么地微弱，或者简直是没有力量。所以高谈圣道之人固然其愚不可及，便是大吹大擂地讲文学或思想革命，我也觉得有点迂阔，蒋观云咏卢骚云，“文字收功日，全球革命潮，”即是这种迂阔思想的表现。半农未必有这样的大志吧，去执行他教授博士的指导青年的天职？那么，这一番话为什么而说的呢？我想，这大约是简单地发表感想而已。以一个平常人的资格，看见什么事中意什么事不中意，便说一声这个好那个不好，那是当然的。倘若有人不以为然，让他不以为然罢了，或者要回骂便骂一顿，这是最“素朴与真诚”的办法。半农那篇文如专为发表感想，便应该这样做，没有为免除误会起见之必要，因为误会这东西是必不能免除，而且照例是愈想免除反愈加多的。总之，我对于半农的五项意见是有同感的，至于想把这个当作什么供献，我以为未免有迂夫子气；末了想请大家来讨论解决，则我觉得实在是多此一举。

十六年一月十六日夜

（选自周作人《谈虎集》上卷，北新书局1928年版）

扫一扫，
收听有声版 ♫

谢本师

章太炎

余十六七岁始治经术，稍长，事德清俞先生，言稽古之学，未尝问文辞诗赋。先生为人岂弟，不好声色，而余喜独行赴渊之士，出入八年，相得也。顷之，以事游台湾。台湾则既隶日本。归，复谒先生。先生遽曰："闻而游台湾。尔好隐，不事科举，好隐则为梁鸿、韩康可也。今入异域，背父母陵墓，不孝，讼言索虏之祸毒敷诸夏，与人书指斥乘舆，不忠。不孝不忠，非人类也。小子鸣鼓而攻之可也。"盖先生与人交，辞气凌厉，未有如此甚者！先生既治经，又素博览，戎狄豺狼之说，岂其未喻，而以唇舌卫捍之？将以尝仕索虏，食其廪禄耶？昔戴君与全绍衣并污伪命，先生亦授职为伪编修。非有土子民之吏，不为谋主，与全戴同。何恩于虏，而悬悬蔽遮其恶？如先生之棣通故训，不改全、戴所操，以诲承学，虽杨雄、孔颖达，何以加焉？

（选自1906年11月15日《民报》第9号）

扫一扫，
收听有声版♫

“谢本师”

周作人

我在东京新小川町民报社听章太炎师讲学，已经是十八年前的事了。当时先生初从上海西牢放出，避往日本，觉得光复一时不易成功，转而提倡国学，思假复古之事业，以寄革命之精神，其意甚可悲，亦复可感。国学讲习会既于神田大成中学校开讲，我们几个人又请先生特别在家讲《说文》，我便在那里初次见到先生。《民报》时代的先生的文章我都读过无遗，先生讲书时像弥勒佛似的趺坐的姿势，微笑的脸，常带诙谐的口调，我至今也还都记得。对于国学及革命事业我不能承了先生的教训有什么供献，但我自己知道受了先生不少的影响，即使在思想与文章上没有明显的痕迹，虽然有些先哲做过我思想的导师，但真是授过业，启发过我的思想，可以称作我的师者，实在只有先生一人。

民国成立以来，先生在北京时我正在南方，到得六年我来北京，先生又已往南方去了，所以这十几年中我还没有见过先生一面。平常与同学旧友谈起，有两三个熟悉先生近状的人对于先生多表示不满，因为先生好作不大高明的政治活动。我也知道先生太轻学问而重经济（经济特科之经济，非 Economics 之谓），自己以为政治是其专长，学问文艺只是失意时的消遣；这种意见固然不对，但这是出于中国谬见之遗传，有好些学者都是如此，也不能单怪先生。总之先生回国以来不再讲学，这实在是很可惜的，因为先生倘若肯移了在上海发电报的工夫与心思来著书，一定可以完成一两部大著，嘉惠中国的后学。然而性情总是天生的，先生既然要出书斋而赴朝市，虽是旧弟子也没有力量止得他住，至于空口非难，既是无用，都也可以不必了。

“讨赤”军兴，先生又猛烈地作起政治的活动来了。我坐在书斋里，不及尽见先生所发的函电，但是见到一个，见到两个，总不禁为我们的“老夫子”（这是我同疑古君私下称他的名字）惜，到得近日看见第三个电报把“剿平发逆”的“曾文正”“奉作人伦模范”，我于是觉得不能不来说一句话了。先生现在似乎已将四十余年来所主张的光复大义抛诸脑后了。我相信我的师不当这样，这样的也就不是我的师。先生昔日曾作《谢本师》一文，对于俞曲园先生表示脱离，不意我现今亦不得不谢先生，殊非始料所及。此后先生有何言论，本已与我无复相关，唯本临别赠言之义，敢进忠告，以尽寸心：先生老矣，来日无多，愿善自爱惜令名。

十五年八月廿一日

（选自1926年8月28日《语丝》94期）

扫一扫，
收听有声版♫

“谢本师”

秦 牧

俄国安特列夫有一个剧本叫做《人的一生》，用五个场面表现一个人从摇篮到坟墓的历程。在剧本中，“人”的背后常常站着一个象征运命的“灰色的人”，旁边燃烧着一根象征生命的烛火。故事记得是这样的：第一幕在灰黯的房子里，“灰色的人”来等候诞生，一群老妇在室内忙碌着，在产妇呻吟间，“人”呱呱坠地了！“灰色的人”静静地燃着烛火，显示着又一个生命临到地球来了。第二幕，在贫困窳陋的房子中，蜡烛已点了三分之一，“人”与年轻的妻厮守着忍受饥饿，但他们年轻，恋爱比食欲更强，相依为命，恬然自得。第三幕，“人”已逐渐富厚，在大客厅中开舞蹈会，蜡烛点了三分之二，许多朋友高兴地前来赴会，在表面和爱的友情中，有嫉妒与阴谋暗暗进行着。第四幕，在阴沉的大房子中，蜡烛快点完了！贫困纠缠着“人”，婢仆星散，孤寂地陪伴着他的只有一个年老的佣妇。第五幕，在阴暗凄凉的病室里，一群醉汉疯癫地闯入卧室，烛火跳动，“人”生时围绕在侧的一群老妇又来了！在垂死的病人床前舞蹈，“灰色的人”来说：“静寂，‘人’要死了！”于是烛火阒灭，暗中发出笑声，复归死寂，“人”的一生就这样完了。

这作品使人感到一种颤栗悸动，在字里行间发酵的是悲哀的宿命论循环论的思想，但是我们敢说有多少人能够尽其在我，跳开这可悲的生命的轨道呢？

以我们百年来的思想史上，那几回可怕的“谢本师”的事件为例罢！清末俞曲园曾经以“治小学不摭商周彝器，治经颇右公羊”的卓特态度闻名于世，而他的《群经平议》、《古书疑义举例》诸书，直到今天看来也还锋芒宛在，但是晚年因为不赞同他的弟子章太炎的革命行动，被章太炎所“谢”了！章太炎呢，主《时务》、《昌言》报时的慷慨陈词，反袁时代以勋章作扇坠直入总统府的豪概，直到今天看来，也还令人高山仰止，但是晚年因为参加“孙联帅”的投壶盛典，又被他的弟子周作人所“谢”了！“谈龙谈虎”的周作人到今天做了汉奸，又为他的弟子们所“谢”了！这些事件不正令我们想起那个使人痉挛痛苦的剧本么？

“老”该是一个斗士最大的仇敌了，多少人（何止俞，章，周），年青时气贯长虹，中年时慵慵逸逸，泄泄沓沓，到老来“难得糊涂”，老悖疯癫，将青年时代的豪情胜概看做浮躁凌厉之气，或则捧老庄尼采，钻公安竟陵，或则从自私出发，无所不为，唯其如此，有的学者以“人过四十便无用”来自我解嘲，有的策士在慨叹着“年龄对于人生真是何等可怕”！年龄对于人生真是如此可怕吗？年龄年龄，多少人假汝以横行不义？其实时间对于另一种人又何曾不是生命的恩惠？几年前我在香港加路连山参加过蔡元培先生的祭典，望着无数青年鹄立在他灵前，自己在垂首哀悼中，不禁在脑海中泛起了一些须发雪白，眼光深沉的中外革命家、思想家、艺术家的影子，心头有一种说不出的崇敬和感动，如果说我们一听见那些老悖腐朽的东西的名字，就如面对着一些丑恶的木乃伊，那么一想起这些有着崇高灵魂的老前辈，自己就宛如一个渺小的教徒踏进了罗马的大教堂，或者变成一个爬上父亲写字台上撒尿的小孩子！在中国这样激荡的社会中，我们固然见到不少未老先衰的二三十岁的老人，可也见到鹤发童颜的七八十岁的青年，与其说年龄可怕，毋宁说是思想可怕，利欲可怕！

我对于那些年纪轻轻便装着老成怪相说些居高临下的话的青年人，对于表面恬淡，实际自私畏事的中年人，对于倚老卖老认为老就是自己伟大处的老年人，都愿意防他三分，因为无论他年龄多少，那种可怕的毒素已经在发酵了。

（选自《秦牧杂文》，开明书店1947年6月初版）

编辑附记

本套“漫说文化丛书”由陈平原、钱理群、黄子平教授分别编选。

为了尊重原作，除了个别标点及明显的排印错误外，本丛书的一些习惯用法及其措辞均依旧原文排印，其中个别不符合当下习惯者，请读者谅解。

另外，其中有部分选文的作者出版方暂时联系不到，此部分稿酬暂存出版方。敬请有关作者看到后与我们联系，届时将按地址奉呈稿酬。

著者简介

鲁　迅 ◎ 1881 — 1936

浙江省绍兴人。原名周树人，字豫才，小名樟寿，至三十八岁，始用鲁迅为笔名。

文学家、思想家。1918年发表首篇白话小说《狂人日记》，震动文坛。此后18年，笔耕不辍，在小说、散文、杂文、散文诗、旧体诗、外国文学翻译及古籍校勘等方面贡献卓著，创作的众多文学形象深入人心。他的作品有不朽的魅力，直到今天，依然拥有众多读者。

代表作品丨《朝花夕拾》《呐喊》《彷徨》等。

周作人 ◎ 1885 — 1967

原名櫆寿，字星杓，后改名奎绶，自号起孟、启明、知堂等。鲁迅之弟，周建人之兄。

周作人精通日语、古希腊语、英语，并曾自学古英语、世界语。其致力于研究日本文化五十余年，深得日本文学理念的精髓。其笔触近似于日本传统文学，以温和、冲淡之笔，把玩人生的苦趣。

代表作品丨《艺术与生活》《苦竹杂记》等。

胡　适 ◎ 1891 — 1962

学者、诗人。安徽徽州绩溪人，倡导“白话文”，领导新文化运动。

幼年，在家乡私塾读书，深受程朱理学影响。求学美国时，师从约翰·杜威，回国后，宣扬思想自由，信奉实用主义哲学。

宽容与自由，是其作品中的两大主旋律。

代表作品丨《中国哲学史大纲》《尝试集》等。

方令孺 ◎ 1897 — 1976

安徽桐城人，散文作家、诗人，方苞的后代。因排行第九，人称九姑。

20世纪30年代初开始写新诗，与林徽因被称为“新月派”仅有的两位女诗人。她的散文文字清新，情感细腻。与张爱玲并称“南张北方”。

代表作品丨《灵奇》《信》等。

聂绀弩 ◎ 1903 — 1986

著名诗人、散文家。原名聂国棪，湖北京山人。

在杂文、旧题诗创作和古典文学研究方面成就尤为卓著。他是中国现代杂文史上继鲁迅、瞿秋白之后，在杂文创作上成绩卓著、影响很大的战斗杂文大家。其风格汪洋恣睢、用笔酣畅、反复驳难、淋漓尽致，在雄辩中时时呈现出俏皮。

代表作品丨《血书》《寸磔纸老虎》等。

李健吾 ◎ 1906 — 1982

山西运城人。现代作家、戏剧家、翻译家、文学批评家，笔名刘西渭。

中国现代五大评论家之一，国内最早从事法国文学研究的学者之一，译有莫里哀、托尔斯泰、高尔基、屠格涅夫等名家的作品，并有研究专著问世。

代表作品丨《雨中登泰山》《草莽》等。

冰 心 ◎ 1900 — 1999

福建长乐人，原名为谢婉莹，笔名冰心取“一片冰心在玉壶”之意。被称为“世纪老人”。现代著名女作家、儿童文学家、诗人、翻译家，她歌颂母爱、童真、自然。非常爱小孩，把小孩看作“最神圣的人”。

代表作品丨《繁星》《春水》《寄小读者》等。

严文井 ◎ 1915 — 2005

原名严文锦，湖北武昌人。

现当代著名作家。在小说、散文、文学评论等方面均有建树，尤以儿童文学家著称。

代表作品 | 《山寺暮》《小溪流的歌》《“下次开船”港》等。

徐志摩 ◎ 1897 — 1931

浙江海宁人，原名章垿，字槱森，小字又申，赴美留学前改名志摩。

现代诗人、散文家，新月社发起人之一，曾任北大教授。

除在新诗方面取得卓越成就外，文学创作还涉猎散文、小说、戏剧、翻译等领域。

代表作品 | 《再别康桥》《翡冷翠的一夜》等。

朱自清 ◎ 1898 — 1948

祖籍浙江绍兴，原名自华，字佩弦，号实秋。

中国现代文学史上杰出的散文家、诗人。21 岁开始发表诗歌并出版诗集。27 岁时执教于清华大学，研究中国古典文学，创作则以散文为主。

其散文名篇脍炙人口，是真正深入街头巷尾的文学经典，被誉为“天地间至情文学”。

代表作品 | 《背影》《你我》《欧游杂记》等。

黎烈文 ◎ 1904 — 1972

湖南湘潭人，笔名李维克等。现代著名作家、翻译家、教育家。

代表作品 | 《舟中》《崇高的母性》等。

郭沫若 ◎ 1892 — 1978

生于四川乐山，原名开贞，号尚武。

现代文学家、历史学家、新诗奠基人之一。是新文化史上一位百科全书式的文化巨人，在历史学、考古学、古文字学、古器物学、文学、艺术等方面都有很高的造诣。

代表作品 | 《女神》《长春集》等。

老 舍 ◎ 1899—1966

原名舒庆春，字舍予。因生于立春，取名“庆春”，意为前景美好。上学后，自己更名为舒舍予，意在“舍弃自我”。现代小说家、作家。

老舍的语言俗白精致，他自己说：“没有一位语言艺术大师是脱离群众的。”因此，在其作品中，一腔京味儿，很是动人。

代表作品 | 《骆驼祥子》《四世同堂》等。

孙 犁 ◎ 1913 — 2002

原名孙树勋，河北省衡水市安平人，现当代著名小说家、散文家，“荷花淀派”的创始人。

他的作品清新自然、朴素洗练、柔中寓刚、鲜明秀雅，有一种不可多得的文人气质。

代表作品 | 《荷花淀》《风云初记》等。

郁达夫 ◎ 1896 — 1945

原名郁文，字达夫，幼名阿凤，浙江富阳人。

中国现代著名小说家、散文家、诗人。他在文学上主张“文学作品，都是作家的自叙传”，具有浓厚的浪漫主义倾向。

代表作品 | 《沉沦》《故都的秋》《春风沉醉的晚上》等。

丰子恺 ◎ 1898 — 1975

浙江嘉兴石门镇人。原名丰润，又名仁、仍，号子觊，后改为子恺，笔名TK，以中西融合画法创作漫画而著名。

其自幼爱好美术，后师从李叔同，也因此结缘佛学，故乡居所命名“缘缘堂”。“一片片的落英，都含蓄着人间的情味。”（俞平伯评）

代表作品｜《缘缘堂随笔》《画中有诗》等。

叶圣陶 ◎ 1894 — 1988

原名叶绍钧，字秉臣，后字圣陶。江苏苏州人。著名作家、教育家、文学出版家和社会活动家，有“优秀的语言艺术家”之称。

他的散文或写世抒情，或状物记人，或议事说理，一般都有较为深厚的社会人生内容和脚踏实地的精神；艺术上则主要显示出平淡隽永的情趣和平朴纯净的语言风格。

代表作品｜《隔膜》《脚步集》等。

王 力 ◎ 1900 — 1986

字了一，广西博白人。语言学家、教育家、翻译家、散文家和诗人。

中国现代语言学的奠基人之一，师从梁启超、王国维、赵元任、陈寅恪等。

代表作品｜《汉语诗律学》《汉语史稿》等。

梁实秋 ◎ 1903 — 1987

原名梁治华，生于北京，浙江杭县（今余杭）人。笔名子佳、秋郎等。

散文家、文学批评家、翻译家，国内首个研究莎士比亚的权威，曾与鲁迅等左翼作家笔战不断。

代表作品｜《雅舍小品》《槐园梦忆》等。

秦 牧 ◎ 1919 — 1992

广东省澄海县人。现代作家。

20 世纪 30 年代末开始发表作品。写作范围颇广，但以散文为主。他的文章摇曳多姿，光彩照人。艺术特征鲜明，风格独具，与众不同。秦牧散文特点之一，是言近旨远，哲理性强。

代表作品 | 《土地》《长河浪花集》等。

刘半农 ◎ 1891 — 1934

江苏江阴人，原名寿彭，后名复，初字半侬，后改半农，晚号曲庵。

中国新文化运动先驱，文学家、语言学家和教育家。参与《新青年》杂志的编辑工作，积极投身文学革命，反对文言文，提倡白话文。鲁迅先生在《忆刘半农君》一文中称："我愿以愤火照出他的战绩，免使一群陷沙鬼将他先前的光荣和死尸一同拖入烂泥的深渊。"

代表作品 | 《扬鞭集》《瓦釜集》《半农杂文》等。

章太炎 ◎ 1869 — 1936

浙江余杭人。原名学乘，字枚叔，后易名为炳麟。世人常称之为"太炎先生"。

清末民初民主革命家、思想家、著名学者，一代国学大师，研究范围涉及小学、历史、哲学、政治等等，著述甚丰。学生中知名的包括黄侃、钱玄同、吴承仕、鲁迅等。

代表作品 | 《国故论衡》《章太炎医论》等。

想 象 之 外　品 质 文 字

父父子子

策　　划 | 领读文化
责任编辑 | 孟繁强
封面设计 | 好谢翔工作室
执行编辑 | 领读_屈美佳
版式设计 | 领读_蒙海星